# 诺贝尔文学奖铁幕

——瑞典的另一个故事

海天译丛

[法]奥利维耶·特吕克 著
Olivier Truc
余宁 译

深圳出版集团
深圳出版社

版权登记号　图字：19-2025-047号
Originally published in France as:
**L'AFFAIRE NOBEL**
**Une autre histoire de la Suède**
by Olivier Truc


**图书在版编目（CIP）数据**

诺贝尔文学奖铁幕 / (法) 奥利维耶·特吕克著 ; 余宁译. -- 深圳 : 深圳出版社, 2025. 10. -- (海天译丛). -- ISBN 978-7-5507-4247-5

Ⅰ. I565.45

中国国家版本馆CIP数据核字第20257B3W50号

**诺贝尔文学奖铁幕**
NUOBEI'ER WENXUEJIANG TIEMU

责任编辑　邱秋卡
责任技编　梁立新
封面设计　曰尧 BRILLIANCE

出版发行　深圳出版社
地　　址　深圳市彩田南路海天综合大厦（518033）
网　　址　www.htph.com.cn
订购电话　0755-83460239（邮购、团购）
设计制作　深圳市龙瀚文化传播有限公司 0755-33133493
印　　刷　深圳市华信图文印务有限公司
开　　本　889mm × 1194mm　1/32
印　　张　7.5
字　　数　131千
版　　次　2025年10月第1版
印　　次　2025年10月第1次
定　　价　48.00元

献给特吕克部落，

从波罗的海到地中海

# 目 录

# 1

# 与斯泰茜在一起的一晚

2018 年 5 月 2 日星期三，20 点 41 分。距斯德哥尔摩中央车站两步远的法欣夜总会，前身是桑给巴尔饭店的老舞厅，现在是瑞典首都主要的爵士乐场所。气氛和谐、友好、热烈。到目前为止，一切顺利。舞台前小桌旁的观众们已用完餐。意大利熟肉、熟奶酪、熏虾培根沙拉、炸甜菜丸子配辣根奶油酱。数十名同行站在周围，手里拿着啤酒。大厅挤满了人，气氛欢快。美国爵士乐歌手斯泰茜·肯特是这里的常驻嘉宾，今晚她非常卖力，即便对那些不怎么喜欢她新专辑的人也不怠慢，轻快的嗓音始终富有节奏。这就是斯泰茜，最佳状态的斯泰茜。瑞典人喜欢。他们懂美国。他们爱美国的一切，除了特朗普。全欧洲数他们最美国化。数百万瑞典人在 19 世纪末至 20 世纪初移民美国，占人口的三分之一，这是为了逃离贫困、遍地的石头以及严苛的宗教。来自大西洋彼岸的书信讲述着一个美丽的故事。1994 年，我在初来瑞典时写的文章里介绍过罗伯特，他是一名反越战的美国逃兵，像其他数百名逃兵一样选择了瑞典，当时神圣的瑞典。罗伯特住在瑞典的最北部。他曾给克林顿总统写信，希望能得到赦免，重返美国。

各方面的联系都很密切。

这个5月2日，在斯泰茜与瑞典人之间，互动在进行。

她刚唱完甘斯布的一首歌，在唱下一首之前，她要讲几句话串场。她带着调皮的笑容，谈起诺贝尔奖，谈起她丈夫，演奏高音萨克斯管的吉姆·汤姆林森，以及他们的朋友，2017 年诺贝尔文学奖得主石黑一雄，他们合写过几段歌词。她这就唱上一两首。《新干线》《晨间列车上的早餐》《冰旅馆》。她男孩子般的栗色短发反射着紫色的光，流光溢彩的金色夹克，背景中的淡紫色天鹅绒幕布。斯泰茜说，诺贝尔奖真了不起，能聚起那么多人。她要再次感谢今晚来这里的诺贝尔基金会成员。他们昨天带她参观了诺贝尔博物馆。诺贝尔奖真伟大，瑞典太棒了。这个博物馆可以逛好几个小时。厉害啊，诺贝尔奖。而今晚，来法欣的人都是朋友。

到目前为止，一切顺利。

正常情况下，瑞典人会欢呼。他们会鼓掌。正常情况下，斯泰茜会继续微笑，只等鼓手乔希·莫里森，或钢琴手格雷厄姆，或者贝斯手杰里米来接手。

现场一片寂静。没有一点声音。台下，人们面面相觑，交换着眼神，或尴尬，或调侃，每个人的反应都有所不同。大家等着乔希定调。快一点啊，沉默的时间也太久了。斯泰茜没注意到沉默中的尴尬和调侃。快啊，乔希。快啊，格雷厄姆。快啊，杰里米。

到目前为止，一切顺利。

# 2

# 瑞典的另一个故事

2017 年 11 月 21 日，瑞典《每日新闻报》在头版刊登了玛蒂尔达·古斯塔夫松的一篇调查文章，这让她在一年后赢得了瑞典新闻大奖。在这篇名为《MeToo 时代》的文章里，18 名瑞典女性指控一名男子（文章里以“文化名人”指代）对她们进行了性骚扰或性侵。

人们很快得知此人名叫让－克洛德·阿尔诺，法国马赛人，居住在斯德哥尔摩，是瑞典文学院的杰出成员——女诗人卡塔琳娜·弗罗斯滕松的丈夫。

这些指控非常严重。此外，瑞典文学院的诺贝尔文学奖获奖名单可能也被泄露了。

内部调查启动，大多数院士决定保持沉默。支持派与反对派开始了史诗般的对峙，公众场合上的谩骂持续不断。两大阵营很快变得不可调和，诺贝尔基金会，这个管理阿尔弗雷德·诺贝尔遗产并确保他的遗愿被遵照执行的机构，决定推迟颁发 2018 年的诺贝尔文学奖。该决定于 2018 年 5 月 3 日宣布，正是斯泰茜音乐会的第二天。反响是爆炸性的，迅速席卷了全球，正如诺贝尔文学奖的影响是全球性的一样。诺贝尔文学奖是唯一的世界性文学大奖，每年一次，让文学成为世界性的话题。除去每次颁奖后的盛大舆论，如果它仅有一项功绩，那就是大奖本身。10 月的一个周四，诺贝尔文学奖的公布就像一年一度的全球图书盛会，如同巴塞罗那的圣乔治节[①]或音乐节一般，是全球范围内彰显文字力量的共同大事。这就是诺贝尔的力量。

宣布取消评奖的几个月里，争议所达到的新高度令瑞典人大吃一惊。诺贝尔基金会，圣殿的守护者，敲着桌子，要文学院接受自己的观点。拯救荣誉，拯救诺贝尔这个招牌。

这场风波过了好几个月才平息下来。2019 年春天，因一系列辞职而成员减半的文学院又恢复到了原来的人数。让 – 克洛德·阿尔诺因对一名受害者实施两次性侵而被判两年半监禁，此时已在服刑。最初宣布推迟颁发的 2018 年诺贝尔文学奖，最终决定于 2019 年秋季，与

---

① 圣乔治节，西班牙的传统节日，来源于加泰罗尼亚地区的一个传说："美丽的公主被恶龙困于深山，勇士乔治只身战胜恶龙，解救了公主；公主回赠给乔治的礼物是一本书。"从此，书成为胆识和力量的象征。1995年，联合国教科文组织将这一天命名为世界读书日。

2019 年的诺贝尔文学奖同时公布。

那一天，斯泰茜音乐会的第二日，当瑞典文学院迫于诺贝尔基金会的压力，决定推迟颁发 2018 年的文学奖时，我的心情与大多数瑞典人一样，对这个一点都不瑞典的故事感到沮丧。它是否表明这个社会民主主义的实验室里有什么东西产生了裂纹？它是否在向我们讲述另一种瑞典故事？

在外国人看来，瑞典给人一种平稳而温和的印象，这使它成了某种典范或参照，但瑞典人自己知道，他们的国家并未逃过世界的动荡和心灵的烦恼。社会新闻接踵而至，冷门与令人尴尬的爆料也不断出现，这都是这个可爱的北方王国所难以想象的。

在开始写小说之前，我作为法国媒体驻北欧和波罗的海国家的记者，在瑞典报道了 25 年的新闻。然而这件事对我来说非同寻常。我不敢相信。那种尴尬与恶作剧般的沉默，我在斯泰茜音乐会上感受过。怎么，瑞典人会如此小气吗？这是一种《权力的游戏》的缩影，关乎阵营、手段、杀手与骑士、曲折与软弱、权力得失、结盟与背叛吗？多年来，我一直试图在媒体上宣扬瑞典模式（一边狠狠赚钱，一边不时揭露不为人知的阴暗面），我看到我的理想世界背弃了我。突然，我的纸牌屋坍塌了。

这就是我一头扎进这个奇怪故事的原因。在来到这个国家 25 年之后，我试图搞清自己是否真的了解这个欢迎我的奇怪王国，搞清人们出于各自的理由而对它生出的诋毁或赞扬。

在继续讲下去之前，我必须声明可能存在的利益冲突。当年我来到瑞典，并不是因为这个国家对我有吸引力，而是因为一个瑞典姑娘。老实说，1994 年，整个北欧在我的世界地图上还是一个巨大的黑洞。作为蒙彼利埃的记者，我的视野面向中东，我想在黎巴嫩定居。我在战争中发现了贝鲁特，这是一个充满迷人文化的重要地区，紧张冲突频频上演。之后我来到斯德哥尔摩，当然是和某个瑞典姑娘一起，这个中立的王国，已经和平了近 200 年……

我能埋怨接待自己的东道国过于平静稳定吗？难道这就是我对这个光辉榜样吹毛求疵的原因吗？多年后，我发现了拉普兰德①这片充满冲突的土地，并把它作为北欧典范的反面写入侦探小说，之后，瑞典文学院为我提供了一个新的战场。

要冒险以这个拙劣的故事为借口，肆意抨击瑞典

① 拉普兰德，位于挪威北部、瑞典北部、芬兰北部和俄罗斯西北部，有四分之三处在北极圈内，全年平均气温在0℃以下。

吗？我说的利益冲突，指的是一个瑞典女子和三个出生在瑞典的孩子。他们对我很重要，但这并不妨碍我揭露偶像身上并不怎么光彩的地方，它以集体利益为名，可以对个人冷酷无情。但这事很重要，将很多事情都卷了进来，迫使我们从整体着眼。

所以我要讲述的并不仅是一个法国人的故事，其中的时间线并不重要。我们将一一触碰，从多个角度照亮全部。品尝文学院餐厅的肉丸，观看意大利外科医生做手术，在档案中寻找马尔罗错失的大奖，卷起冬湾的草坪，协助《危机》杂志的编辑委员会，调查诺贝尔凶杀案，穿上燕尾服，数数枝形吊灯，然后看看能发现什么。

以下是会在这个故事中反复出现的主要人物：

让 – 克洛德·阿尔诺，此次丑闻的始作俑者，自称摄影师，院士的丈夫，喜欢以“第 19 席院士”标榜自己，实则曾把手放在维多利亚公主的屁股上，步犯性侵罪的美国制片人的后尘，成了“瑞典的韦恩斯坦”；

卡塔琳娜·弗罗斯滕松，前者的妻子和坚定捍卫者，受尊敬的诗人，曾为瑞典文学院第 18 席院士；

萨拉·达尼乌斯，以积极反对父权压迫著称，受尊敬的教授，曾为文学院第 7 席院士和常务秘书；

霍勒斯·恩达尔，院士、教授，第17席院士，1999年至2009年任常务秘书，阿尔诺与弗罗斯滕松夫妇非常要好的朋友；

国王卡尔十六世·古斯塔夫，法兰西元帅让－巴蒂斯特·贝纳多特的后裔，瑞典文学院保护人，同时也是仲裁者，负责在12月10日向诺贝尔奖得主们颁发奖章和证书。

温馨提醒：请注意区分诺贝尔基金会和瑞典文学院。

诺贝尔基金会，位于斯德哥尔摩，确保阿尔弗雷德·诺贝尔的遗愿得到执行，管理诺贝尔品牌和诺贝尔留下来的资金，每年12月组织颁奖，向5个奖项（物理学奖、化学奖、生理学或医学奖、文学奖、和平奖）的获得者签发支票。

瑞典文学院，同样位于斯德哥尔摩，根据1792年遭暗杀的亲法派国王古斯塔夫三世的意愿，仿照法兰西学院的模式建立。有18位院士，加上小部分负责日常事务的员工，拥有藏书20万册的超一流图书馆，肩负若干使命：保护及推广瑞典语，编订字典，向瑞典作家、译者和图书馆馆员提供资助，每年颁发奖金总额约250万欧元的40多个奖项，这还没算上举世瞩目的文学至高奖——诺贝尔文学奖，尽管其900万瑞典克朗的奖金（约合 90 万欧元）并非来自文学院，而是由基金会提供的。

我没有一一列出部分参考资料的作者名字，但仍然引用了他们的评论，在此也一并提及，希望作者谅解。他们大多为瑞典各大媒体的专栏作家、社论作家和记者，如主要的自由派日报《每日新闻报》、《瑞典日报》、瑞典《费加罗报》、与社会民主党关系密切的小报《瑞典晚报》，还有另一家自由派日报《快报》，瑞典广播电台和瑞典电视台这些公共服务媒体，以及其他媒体。

还需向阿尔弗雷德·诺贝尔这位炸药的发明者致敬。接下来让我们看看 2017 年 11 月 21 日这天的爆炸性事件。

# 3
# 18 位女性

2017 年 11 月 21 日，星期二。距离瑞典文学院的每周例会还有两天。根据瑞典文学院历法，11 月 21 日为海勒加日。海勒加是北欧人的名字，男性则为海勒格。推而广之，人们连奥勒加、埃勒加、海拉、海勒也一并庆祝。虽然瑞典路德教对圣人崇拜持怀疑态度，但只是庆祝命名日[①]罢了，倒也不会妨碍任何人。然而真到了那一天，大家都在谈论另一个女性名字，玛蒂尔达（正常情况下，3 月 4 日才是其对应的命名日）。

这个名字出现在《每日新闻报》（瑞典人简称为《新闻报》）上。记者玛蒂尔达·古斯塔夫松刚刚发表了一份令人震惊的调查。

标题："18 位女性作证：曾受文化界的一名重要人士

① 命名日，和本人同名的圣徒纪念日，主要在一些天主教、东正教国家庆祝，源于基督教会为圣徒和受难者举行的纪念节日。

侵害”。

这名被指称为“文化名人”的男士与瑞典文学院关系密切。据称，他在文学院位于斯德哥尔摩以及巴黎的公寓中实施了多起性侵。文章称，这种侵犯行为早已不是什么秘密。

“文化名人”正是那时给让－克洛德·阿尔诺起的代称。人们可能会想，这还是一种殊荣呢！原则上，瑞典媒体是用年龄加性别来称呼涉嫌犯罪或违法的嫌疑人的，如 71 岁男性或女性。他后来在社交网络上赢得了另一个称号，让·克龌龊（因为克洛德的发音接近于动词“行为不轨”“干坏事”“咸猪手”和“耍流氓”）[①]，还有一个称号叫克饥渴（发音近似“欲求难耐”）。

几十年来，阿尔诺在斯德哥尔摩市中心经营着一家文化俱乐部，这家俱乐部虽不起眼，却聚集了瑞典文化界的精英。他们在一间地下室里，一边用塑料杯喝最涩口的红酒，一边朗读普鲁斯特的作品。

11 月 21 日的《每日新闻报》讲述了另一个故事：“他用手搂我，摸我的全身。我设法挣脱，站了起来。”这位年轻女性随后引用“文化名人”的话：“就你这种态

① 在瑞典语中，克洛德（Claud）的发音与kladda（乱来、性挑逗等）相近。

度，我保证你在这个圈子待不了多久”，还补充说，“你不知道我妻子是谁吗？”

所有证词均指向同一方向：此乃一名性侵惯犯的故事。

《每日新闻报》的调查继续引用“9号女性”的叙述。这些女性被用数字编号，总共有18人，正好与院士人数相同。一位女评论员表示，这样戏剧化的巧合大可不必。9号女性说：“我真的很想进入文化圈，他是在一次展览开幕式找上我的。他死缠烂打，之后还一直联系我，我也就妥协了。我觉得在俱乐部谋一份差事对我的职业发展会有帮助。我参加了几次聚会，有一次他提出的要求令我感到很不舒服。等我反应过来，他已经变得咄咄逼人。我害怕得罪他，而当我开始在俱乐部工作后，情况变得更糟了。有一回，他强逼我就范。那是在他位于奥斯特马尔姆的公寓里。他强奸了我。我惊慌失措，一离开公寓就给我的一位女性朋友打电话，告诉她刚发生的事。我把这件事写进了日记，保留至今。我觉得自己被玷污了，被欺骗了。最后，我断绝了与俱乐部和‘文化名人’的联系，那里对我来说简直是地狱。他总给我打电话，还威胁我。我每次去斯德哥尔摩都很害怕。在他眼中，我们是年轻的猎物，谁也跑不了。我们被锁定了。我有种感觉，文化圈的人……大家都知道，大家自始至终都心知肚明。但他们背过脸去，试图忽视这种不适。”

另一位女性受害者说：“我为自己的沉默感到羞愧，我们被他选为猎物，并且任其伤害，我为此感到羞愧。他希望我们保持沉默，而我们也并没揭穿他。我记得有一次，他和瑞典文学院的朋友去巴黎出差，他的这个朋友力赞他为偶像，说他是真正的男人。我为此恶心了好几天。”

让－克洛德·阿尔诺始终否认这些指控。

还是 2017 年 11 月 21 日这一天，身为瑞典文学院常务秘书和第 7 席院士的萨拉·达尼乌斯为儿子备好早饭后，前往诺贝尔基金会参加会议。

路上，她收到女助理的短信，让她赶紧看《每日新闻报》。她找了一家暖和的商业中心，在手机上看完了那篇文章。萨拉·达尼乌斯不是那种跟人推心置腹的人。当她在广播里回溯这段经历时，声音冷静、客观、平淡。然而，正是这篇文章将她卷入情绪的旋涡。她接收着对这家熟悉的俱乐部主人的指控。“严肃的活动”“高质量的活动”。“我还在那里做过几次讲座。”稍后，她承认“文化名人”对她也有过“不恰当的”行为。她一口气读到结尾。“文章提到了威胁、恐惧和暴力。”萨拉·达尼乌斯立刻意识到：“MeToo 运动正在敲开瑞典文学院的大门。”

影响立竿见影。当天，作为“文化名人”的妻子，第 18 席院士、著名女诗人卡塔琳娜·弗罗斯滕松就给院士们写信，请求他们允许她与丈夫一同前来向他们解释。她坚持这项提议，尽管萨拉·达尼乌斯已经向她言明，在文学院商讨她丈夫的事时，她应该回避。所有院士都认为这没毛病，女诗人不该出席。

较量已经开始，但一点风声都没有走漏。

很多事要等到几周甚至几个月后才被公众知道。然而从一开始，在世界上最透明的国家里的一个最不透明的机构深处，鸿沟就已经无法跨越。还没有人意识到这一点。

接下来的几天，机制开始运作。

主办 12 月颁奖礼并为各项诺贝尔奖签署支票的诺贝尔基金会当即宣布，两周后的诺贝尔奖颁奖晚会——通常定在 12 月 10 日，阿尔弗雷德·诺贝尔逝世的日子——不欢迎“文化名人”，他将不能像以往一样，挽着妻子的手出席。

绿党文化与民主部部长为两年前将“皇家北极星勋章”授予阿尔诺一事后悔不已。她表示，是外交部准备的那份文件。她现在想撤回“文化名人”的勋章，然而流程非常复杂，几乎是不可能的。尽管情况非常尴尬，但到目前为止，公关处理尚属得体。目前，一切似乎仍在可控的范围内。

处于救火前线的常务秘书萨拉·达尼乌斯委托了一家律师事务所进行调查。彻底调查，查明一切，必须立刻切断与阿尔诺的一切联系。大家都表示赞同。霍勒斯·恩达尔院士，1999 年至 2009 年在文学院任常务秘书，几周后将变成萨拉·达尼乌斯最棘手的敌人，尽管他这时还在赞扬这位女同事的新闻稿和采取的措施："这件事你处理得非常出色。"这条信息发送于 11 月 23 日。两人都不知道，这是彼此和睦的最后日子。

11 月 23 日是一个星期四。我们将其称为这个故事的第 1 幕。

然而，一些事情正处于失控边缘。我是后来从一位院士，也是未来的文学院代理院长安德斯·奥尔松的口中得知的。

"事件曝光后，萨拉·达尼乌斯发表了一篇新闻稿，对在文学院内部发生的事给出了错误的观点，比如她说机构内部也存在性骚扰，员工和亲属都是受害者。律师事务所的调查里并没有显示发生过此类事件。我觉得应该予以更正，但萨拉·达尼乌斯拒绝了。这就是她惹麻烦的根源。"

# 4
# 黑球，白球

1786 年，古斯塔夫三世依据法兰西学院模式创建瑞典文学院时，他希望吸纳的是作家文人、学者与出身高贵的绅士。这三个群体必须平衡，且追随文学院的理念："天才与鉴赏。"用现在的话来讲，就是既要有才华，又要有品位。

平衡吗？最初三大群体的性质已经发生变化：如今存在的是恩达尔派、达尼乌斯派，以及不堪斗争而随波逐流的人。这是一场黑球与白球间的较量。

2018 年 3 月底进行了一次投票，此时是第 18 幕，也就是事件曝光后的第 18 个周四，3 月 22 日。其间经历了漫长的圣诞假期。

院士们需要作出决定，文学院是否应将卡塔琳娜·弗罗斯滕松除名。认为她该走的投黑球，该留的则投白球。

这可不是什么无足轻重的问题。因为院士是终身制的，不能辞职，但可以不履行具体的职责：编订字典、给各类作家和翻译家颁发津贴和奖项，当然还有诺贝尔文学奖的评选。在 1989 年的拉什迪事件[①]中，多位院士因不满文学院没有公开谴责对这位作家的追杀令而离开。他们的席位一直空着，被予以正式保留。

文学院历史上的确开除过一位院士，那是在 1794 年，创办者古斯塔夫三世遇刺两年后。这位院士因串谋罪被判死刑，文学院对他进行了除名。如果开除卡塔琳娜·弗罗斯滕松，无疑将会被认为是一种史无前例的无法可依的惩处。就在几天前，2018 年 3 月 17 日，戏剧导演本尼·弗雷德里克松因不能忍受对他工作行为上的不实指控而自杀，这件事也引发了激烈的讨论。弗罗斯滕松的支持者们以本尼·弗雷德里克松为例，提醒他们的同事。局势紧张到了极点。

此时，院士们手中已经拿到了律师事务所的调查结果。正常情况下，院士们读罢报告后应采取唯一可能的态度：一切交给警方。这样的话，就可以指望当局作出例如税务审查方面的决定，因为女院士丈夫所经营的俱

① 1988年，印度裔英国作家萨尔曼·拉什迪因《撒旦诗篇》激怒了伊斯兰世界。1989年，时任伊朗最高领袖的霍梅尼发起“法特瓦”——伊斯兰教法用语，意为“教法判例”，即呼吁全球穆斯林对拉什迪进行追杀。

乐部在管理上有很大的漏洞。一旦宣判，就可以名正言顺地开除女院士了。事件会持续发酵一段时间，其间会很煎熬，但一切尚在掌控中，因为都是照章办事。这就是和我聊过此事的瑞典人的想法。

但我们作为外人，并不知道文学院内部有两个不可调和的阵营正发生冲突。一些人对萨拉·达尼乌斯声称文学院内部也曾发生性侵事件这种错误描述表示不满；另一些人则强烈要求开除卡塔琳娜·弗罗斯滕松，她极力捍卫丈夫，已经和他逃去法国了。

黑球，白球。

结果揭晓：6 黑对 8 白。面对以霍勒斯·恩达尔为首的阿尔诺与弗罗斯滕松夫妇维护派，萨拉·达尼乌斯和其他院士不久后将打翻他们的如意算盘。

投票结果一出，所有人的目光立刻转向霍勒斯·恩达尔，这个王国杰出的知识分子。对公众来说，是他让事件偏离了轨道。他最初是支持萨拉·达尼乌斯的，随后却彻底改变了态度。圣诞假期间发生了什么，让他从原本的正方突然跳转到这出乎意料的反方，使文学院陷入空前的危机中？如何解读霍勒斯·恩达尔的这种转变？我询问过的所有人都以同样不解的目光回应我，并以匿名为掩护，提出不少媒体讨论过的观点：让－克洛德·阿尔诺想必以某种方式牵制着霍勒斯·恩达尔。这是纯粹的猜测，没有任何实据支持。但那年春天，斯德哥尔摩到处充斥着这种顽固的谣言，它看起来是唯一合理的、可接受的真相。

于是，文学院作出令所有人大吃一惊的决定：卡塔琳娜·弗罗斯滕松的院士席位将得以保留，律师事务所的调查也不会被移交给警方。大家都窒息了。这就是瑞典的透明公开？不存在的。这是为了其他人好。恩达尔带头，让正在进行的一切不了了之。他能够做到这点，是因为在他身边的都是一些软弱的院士，他们没有反对他，也没有赞同他。他独自一人摧毁了化解这场危机的可能性，使之演变成一场绝对的灾难。

这次关键的投票成为转折，将刻在石碑上。这无疑扩大了两大阵营的分歧。阵地战开始了。疲惫，残忍。这次投票的最大输家萨拉·达尼乌斯差点被当场气死，幸好她十分顾及自己的形象。弗罗斯滕松保留原席位？如同什么都没发生过？难道这个丈夫不是她的？萨拉·达尼乌斯从中看到了一个危险的信号：违反规则却不受惩罚，这事竟然是可能的。没有惩罚，完全逍遥法外。

战况激烈，尤其是在媒体领域，双方都持真刀实枪上阵。霍勒斯·恩达尔的伴侣、作家斯蒂娜·奥特贝里在媒体上盛赞文学院的决定："大多数人不向谴责的声浪屈服，不冒充权威进行指责和审判。但黑球强大的势力也不容忽视，一周以来我们遭受着黑球的打压，这引起了国际媒体的关注，严重损毁了瑞典的形象，使我们沦为笑柄。"

接下来的一个月非常特殊，爆发了一系列事件，如若炸药之父阿尔弗雷德·诺贝尔的遗愿没有遭背弃，他的名字是不会一再被波及的。这次的连环事件，正是由出乎意料的投票结果引出的，发生于 2018 年 4 月 6 日星期五，也就是 4 月 5 日星期四的第二天，这是第 20 幕。

这个星期五，三名院士在几个小时内分别于瑞典的三大日报上通过声明或访谈的方式，宣布他们将不再参与文学院的工作。完美的编排保证了毁灭性的效果，造成了巨大的冲击。圣殿的精神守护者们向渺小、算计、自我和卑鄙开战。人们不再装睡。从此以后，一切都会被公之于众。矜持与谨慎最终也会爆发。

谢尔·恩斯普马克是文学院的第 16 席院士，曾在 20 世纪 80 年代帮助霍勒斯·恩达尔成为哲学博士，他觉得有必要借《每日新闻报》提醒大家，正直一直是文学院秉承的重要美德。而文学院内部的权威声音想把情谊置于正直之上，这是不可接受的。因此，他选择离开。

卡拉斯·奥斯特格伦是第11席院士，他的著作聚焦于个体与模糊群体间的对抗，以及社会上层的腐化。他在《瑞典日报》上言辞严厉地提到，肮脏的打算被置于规则之上，这等同于对先辈精神的背叛。使命与精神应该始终保持不变，应忠于才华与品位。因此，他选择离开。

彼得·恩隆德是第10席院士，历史学家，文学院2009年至2015年的常务秘书，也在《瑞典晚报》中反复表达了自己的不满。对律师事务所针对"文化名人"的调查结果出现的意见分歧，是他下定决心的原因。人们又一次将个人利益置于规则之上。他无法接受这个决定。因此，他也选择离开。

这三番轰炸的第二天，媒体刊登了律师事务所的大致调查报告，它建议文学院请警方介入，对让-克洛德·阿尔诺持有的"论坛"俱乐部的不合规经营进行彻底调查，包括税务欺诈、账目不清晰和非法销售酒精。人们还了解到，卡塔琳娜·弗罗斯滕松持有她丈夫名下"论坛"的一半股份，而这个俱乐部多年来一直在领取文学院的补贴。文学院原则上禁止利益关联，也无权向自己的成员发放补贴。人们还发现，从1996年起，"文化名人”就曾在官方宣布前，向亲友陆续透露过 7 位诺贝尔文学奖获得者的姓名：维斯瓦娃·辛波斯卡（1996 年）、埃尔弗里德·耶利内克（2004 年）、哈罗德·品特（2005 年）、让-马里·古斯塔夫·勒克莱齐奥（2008 年）、帕特里克·莫迪亚诺（2014 年）、斯维拉娜·亚历塞维奇（2015 年）、鲍勃·迪伦（2016 年）。

我想到法院曾审理过一起泄密案。2011 年，瑞典诗人托马斯·特朗斯特罗姆获诺贝尔文学奖。阿尔诺看起来并未参与其中。当时引起怀疑的是，就在奖项公布前一个小时的正午时分，博彩网站力博（Ladbrokes）上该诗人的赔率从 14 降为 1.66，这表明有些人突然在托马斯·特朗斯特罗姆身上下注了。据估计，潜在的收益为 1500 欧元。“如果是员工，可能面临立刻被解雇的风险和舆论压力，院士的话不单会被开除院籍，更会引起巨大的丑闻。有人会傻到冒这样的风险吗？”当年的常务秘书这样发问。法院就此结案。

2008 年，阿尔诺泄露了获奖信息——但只有他一个人这样做吗？勒克莱齐奥获奖的那一年，怀疑的声浪几乎冲破天窗。力博网暂停了投注。瑞典文学院展开了调查，但没有结果，最后决定收紧程序。

律师事务所的结论为，无论如何，让–克洛德·阿尔诺影响不了文学院对奖项的决定，而院士们对《每日新闻报》上关于阿尔诺的严厉控诉也毫不知情。与之相反的是，几乎每个人都曾听说，甚至亲眼看见过他或多或少地做出过不当举止和非必要的身体接触。

4月10日，霍勒斯·恩达尔在瑞典第四大日报《快报》上发表了怒气冲冲的专栏文章，声称这三位不同政见者摔门而出，却还把钥匙握在手里，随时都能反悔……"这不过是小人的拙劣伎俩，他们根本不想放弃宝贵的院士席位。完完全全就是一出闹剧。"他还进一步补充说，"常务秘书女士发动她的部队来保住职位。这种情况下很难知道接下来还会发生什么。我对眼下激烈的炮火感到恐惧。"不仅如此，恩达尔更在几行之后公开谴责萨拉·达尼乌斯，指责她是自1786年建院以来最糟的一任常务秘书，没有比她更差劲的了。

霍勒斯·恩达尔的前导师谢尔·恩斯普马克立刻予以回应，认为前门徒的这篇文章是他此生读过的"最虚伪最恶臭"的文字。自此，两大阵营公开翻脸。所有堤坝全线崩溃。瑞典人目瞪口呆地看着本该是才华与品位的守护者们脱缰的骂战。

第 21 幕。4 月 19 日星期四。曾与恩达尔投出相同票的代理院长安德斯·奥尔松于最后一刻，在文学院会议日程中增加了一项：针对常务秘书萨拉·达尼乌斯的信任投票。在他们看来，这是例行公事，或者是一次预谋的政变。

大家对萨拉·达尼乌斯的看法并不统一。文学院内部有人质疑她为达目的所采取的强硬手段。霍勒斯·恩达尔称她为“女判官”。卡塔琳娜·弗罗斯滕松将她对自己的态度形容为专横跋扈。

与萨拉·达尼乌斯关系亲近的一位年轻女院士萨拉·斯特里斯贝里讲述了投票幕后的故事：交易是这样的，如果萨拉·达尼乌斯不任常务秘书，卡塔琳娜·弗罗斯滕松就放弃在文学院的工作，但当然不是放弃席位。这位年轻女院士承认，自己在会议上哭了。

交易被萨拉·达尼乌斯的对手无视。对他们来说，投票不过是表示萨拉·达尼乌斯无力管理团队。

我们后来得知，是国王极力促成这一决定的。消息立刻被宫廷否认。瑞典人淹没在这些谣言、喊话和骂战的洪流中，备受折磨，尤其是因为阿尔诺的丑闻怎么看都很落后，这让自认为属于最先进民族的瑞典人非常尴尬：阿尔诺信奉结果，无视公正与道德，撇去他的行为不谈，院士们的举动唤醒了瑞典人的记忆，让他们看到了本以为早已被摒弃的古董。文学院完全是个秘密组织，暗箱操作，掌握财富，拥有权力，不需要对任何人负责，是来自旧制度的毒瘤活化石，可耻丢人的世界的最后残存品。

与此同时，“支持萨拉”“站队萨拉”“系蝴蝶领结力挺萨拉”之类与萨拉·达尼乌斯有关的标签开始在网上蔓延开来。

# 5

# 蝴蝶领结抗议

在女权主义发达的瑞典，数万名来自不同职业的女性使用她们各自职业的标签，广泛参与 MeToo 运动。比如，“要有光”标签下就聚集了 1382 名瑞典路德教会的女性员工和牧师。根据不同的职业标签，这些倡议的人数正在成倍增长：456 名女演员，4000 多名女记者，1730 名国防女雇员，4627 名建筑行业女性员工，653 名女歌手，620 名女舞者，4445 名女律师，3853 名女教师，8000 多名女高中生，1300 多名女政客，最多的当数医疗行业的女性（有 10400 名女医生和女医学生）。

就在阿尔诺性侵事件被曝光的前两天，斯德哥尔摩一家剧院举行大型集会，女演员们在舞台上讲述她们被性侵的遭遇。令人吃惊的是，为了表示对此运动的支持，西尔维娅王后和王储维多利亚公主竟然也出现在观众当中。

在这种激烈的形势下，女权主义者萨拉·达尼乌斯必须离开文学院，因为多数院士已不再信任由她继续留任常务秘书。几个小时后，人们得知卡塔琳娜·弗罗斯滕松不再为文学院工作，但其院士席位仍被予以保留。人们很久之后才把这些肮脏的内幕细节联系起来。以牙还牙，以女人换女人。双方阵营都牺牲掉了他们的女王。

舆论认为，这是最后一道防线。2018 年 4 月 19 日，数千人来到斯德哥尔摩老城中心大广场，聚集在文学院自 1921 年起就用作办公楼的建筑前，系着蝴蝶领结表示抗议。

一位专栏女作家在推特上发布图片，照片上是被免职的常务秘书萨拉·达尼乌斯和正为友人落泪的女院士萨拉·斯特里斯贝里，并配上文字，把瑞典文学院的座右铭“天才与鉴赏”改为“天才与耻辱”。这位女作家写道，天才都在这张照片里，剩下的人只是耻辱。

瑞典媒体上的批评众口一词：瑞典文学院已沦为父权专制的象征，成了瑞典的极大讽刺，可惜的是，一些人只因它是祖先留下的精英机构就决定完全接受这些。

被免去常务秘书之职的萨拉·达尼乌斯提出，至少能以普通院士的身份回文学院继续参与工作，她的同事汉学家马悦然态度非常明确："我们不希望她回来。"在其位谋其职，这里无法让她施展全力。他甚至不想再提那些，因为想起来就叫人生气。

媒体点燃了人们对萨拉·达尼乌斯的崇拜热潮，俨然把她塑造为一位奋勇前进的女王，深受粉丝爱戴的女权主义英雄。也有人提出她的手段存在争议。但男人能做得像她一样好吗？论战以瑞典方式如火如荼地升级，还会有多少后续？困境中，一些人开始寻找摆脱危机的出路。

几周之后，三位离开文学院但仍受人关注的院士宣布，他们要为重建文学院尽一份力。第一步就是重新任命一位法学家担任首席院士。其中一位说，无论如何，不遗余力支持"文化名人"的霍勒斯·恩达尔必须走。否则，文学院还有什么未来可言？

当事人回应："我对这些叛徒的退休生活不感兴趣。"

诸如此类的事接连不断。我们看到了被滥用的友谊，试图借沉默逃脱罪行的行为，违反利益冲突的制度，还有大男子主义的陋习和狂妄自大。

三位异见者中的谢尔·恩斯普马克在谈到恩达尔时说，这个人身上已没有任何荣誉可言。

4 月 19 日的示威活动共聚集了数千名参与者，引人注目的是，多数人都穿了蝴蝶领结衬衫。几位部长在社交网络上贴出了系着蝴蝶领结的自拍照，比如绿党文化与民主部的女部长，正是她把皇家北极星勋章授予了阿尔诺。一些标语牌定下了大家的基调："粉碎父权制""一起改变现状""姐妹们在看着你"，等等。

这是对精英主义提出的质疑。没有穿黄背心[①]，但依旧是一种反叛。用蝴蝶领结代替了黄背心。

瑞典和女权主义之间有着悠久的历史。

1999 年，我为《解放报》写了一篇关于反女性暴力的文章，这是在瑞典被反复讨论的一个话题。这一年有 20 名女性被杀，而向警方报告的女性侵害事件则有 2 万起。我在此引用平等（和农业）部社会民主党部长玛加丽塔·温贝里引发争议的名言，她声称男人应为那些同为男性的人所犯下的罪行总和"感到连带的愧疚"。当我开始能更好地解读瑞典媒体，观察这种托克维尔效应时，我还记得自己的反应：这样激进的论调竟然发生在全球公认最平等的国家里。女性代表在议会中人数最多，她们在政府中也占多数。媒体每天都会抛出一个男女之间（不）平等的侧面讨论，或者想办法把公众注意力引到这

① 此处指法国的"黄背心"运动，始于2018年11月17日，是法国近50年来最大的骚乱，起因为抗议政府加征燃油税，因抗议者身穿黄背心而得名。

个话题上来。

但怪现象仍旧屡见不鲜。女性的就业率为 75%，但一般是兼职，她们在私营企业高层中的比例也不及法国，然而政府心安理得地利用了瑞典展示给外界的这种平等印象。

比如外国人会感到瑞典相当矛盾，这里大部分党派和男性政客，包括首相本人都宣称自己是女权主义者，在这个国家能找到最狂热的女权主义者。在我撰写的众多报道中，我采访过一位瑞典女性，她曾见证 20 世纪 70 年代的伟大，用她的话来说，是希望的浪潮带来了托儿所、工作和经济独立。她回忆说，那个时候，她和身边的女性朋友几乎都离婚了，但她们满怀期待。暴力、工资、病假，20 世纪 70 年代的瑞典女权主义者们难以想象会在今天的瑞典失望清单上读到这么多条目。更让人气愤的是，瑞典近乎神话一般的平等形象在国外营销得相当成功。

那瑞典是一个平等的国家吗？帮助困难女性网站的一位女负责人说，这是一种幻觉。当周六晚上喝了三杯酒的女性在回家路上不必担心自己被当作猎物尾随时，那才叫平等，现如今的瑞典并不是这样子的。女性被杀和工资差距（男性的平均收入仍旧比女性高 20%）是同一问题的两种表现。瑞典人相信自己处于平等之中，所以当人们揭露真相时，争论才会如此激烈。

匪夷所思的是，几十年过去了，情况几乎没有任何改变。唯一不同的是，如今的媒体不再成天谈论男女平等。生态问题一时占据焦点，其次是移民问题。似乎辩论仅能围绕一个主题。

说回蝴蝶领结衬衫……

萨拉·达尼乌斯喜欢备受关注的感觉，她无惧挑衅，不苟言笑。走自己的路，不在意别人的看法。在斯德哥尔摩的索德托恩大学这座进步的堡垒时，人们就看到她穿着玛格丽特·撒切尔[①]最爱的蝴蝶领结衬衫在校园中行走。“完全就是笑话！”在索德托恩大学，着装要求十分严格：你必须通过服饰来表明自己对服饰毫不在意。“所以我的衬衫当然会引起注意，人们纷纷回头看我。”当事人讲述道。这种蝴蝶领结女士衬衫本身就像可耻的保守主义标志一样，但萨拉·达尼乌斯通过选择特定颜色和图案来塑造自己的风格。她就是这样的人。2013 年，当她被任命为文学院的第 7 席院士时，她依旧穿着这样的衬衫，尽管文学院的着装要求同样严格而传统。

萨拉·达尼乌斯是文学史学家，美国和德国高校的客

① 玛格丽特·希尔达·撒切尔（1925—2013），即撒切尔夫人，英国右翼政治家，也是英国第一位女首相，被媒体称为“铁娘子”。

座教授，普鲁斯特的粉丝，进入瑞典文学院仅两年，就成为第一位担任常务秘书的女性。独特标志：受过专业培训，在时装秀上高调展示自己设计的蝴蝶领结衬衫。经典范例：黑色的女士衬衫，上面有代表女性的红色图案，在文学院遭遇全面危机时，她将穿着这件衣服在斯德哥尔摩时装周亮相。

萨拉·达尼乌斯懂得运用武器，无论是她的时尚品位还是她的人脉。2018 年 4 月的那几天，她邀请女侦探小说家卡米拉·拉克贝里出席瑞典文学院举办的一个颁奖仪式。拉克贝里在社交网络上很活跃，毫不掩饰对“时髦”达尼乌斯的好感和对恩达尔的厌恶，说他“裤子堆到鞋跟上，一副小气的样子，年纪不小抱怨很多，莫名其妙地支持一个败类”。她号召自己的 20 万粉丝给诺贝尔基金会写信，阻止瑞典文学院颁发 2018 年的诺贝尔文学奖。这位畅销书女作家说，只有文学院的所有人都效仿达尼乌斯卸任，文学院的名誉才能恢复。尤其是霍勒斯·恩达尔，她特别强调。

# 6
# 明天，有好戏

文学院的人员还在继续流失，离职声明中的尖锐和怨气刺激着瑞典人，他们被这场现实版真人秀搞得不知所措。

数百名研究人员递交联名请愿，质疑文学院缺乏合法性。蝴蝶领结抗议活动之后，似乎已经没有什么能拯救危机中的文学院了。一个个周四过去，戏码不断更新，到 5 月 3 日黄昏，第 24 幕上演了。这次的悬念保留得非常好。佩尔·韦斯特伯格，第 12 席院士，文学院的元老，同时也是诺贝尔文学奖评委会主席，心里感到满意。决定已经作出，大家一致通过。新闻稿第二天一早就发布。

此时文学院评委会已将 2018 年诺贝尔文学奖的候选人筛至最终 5 名，第 14 席的克里斯蒂娜·隆解释说："如果不把它做完，恐怕我们只能全体辞职。"

第 5 席的约兰·马尔姆奎斯特忍不住评论："今天我

们都闭嘴，明天，就有好戏看了。”

瑞典文学院的人都爱笑，有的人甚至笑出声来。但在爆发中，最具破坏性的并不总是冲击力本身。

恩达尔与达尼乌斯两派公然开战。危机初发时赞扬萨拉·达尼乌斯应对得力的霍勒斯·恩达尔，此时已成为她最强大的对手。这位知识分子界的名流，化为保卫让-克洛德·阿尔诺和卡塔琳娜·弗罗斯滕松的铜墙铁壁，得到了大批院士的支持。恩达尔不惜与天下为敌，赌上名誉，支持“文化名人”及其妻子，成了故事中的反派。一些记者后来反水，转而为恩达尔辩护，他们曾把他视作败类和知识分子之耻。

最大的声浪来自丹麦，自从斯德哥尔摩严厉批评哥本哈根的反移民政策以来，丹麦从不放过任何可以回击瑞典的机会。丹麦女院士玛丽安娜·斯蒂森提醒大家小心，据她看来，与西方世界所发生的情况一样，左翼民粹主义势力也在威胁瑞典文学院。

大多数院士——男性为主——反对开除弗罗斯滕松，因为他们不愿意在媒体和大众舆论的影响下作决定。丹麦女院士认为，这才是冲突的核心，当前最重要的是评估文学院能否驾驭这股民粹主义浪潮，而萨拉·达尼乌斯正是这股新左翼民粹主义的代表人物。

摧毁如瑞典文学院这样的机构，扼杀一切试图批评和反对的声音，都符合这种逻辑，她如此总结道。

霍勒斯·恩达尔能成为瑞典女权主义高涨之前的最后一位斗士吗?

2018 年 5 月 3 日，星期四，瑞典文学院在证券交易所楼上举行会议，他们把这里作为办公地点已有一个世纪了。像每个周四晚上一样，工作结束后，院士们沿黑袍街向下走 300 米，前往金色和平餐厅。街名是多明我会修士留下的时代印记，那时瑞典还是天主教国家。

一位在雨中蹲守的摄影师拍下了他们散会后的样子。照片出现在次日的《每日新闻报》上，其中一张立即成为经典。照片上有两名院士，一名是第 14 席的女作家克里斯蒂娜·隆，另一名则是霍勒斯·恩达尔，他身体后仰，放声大笑。还能看到两名记者举着话筒。

霍勒斯·恩达尔开怀大笑，显得很轻松。

发生了什么事?

一名在场记者的录音解释了这个画面。

“你说恐怕你们只能全体辞职，万一不能……”（这里听不清楚，可能是“达不成一致”或者“得不出结论”之类的话。）

记者问正在大笑的女院士。

“这只是一句玩笑话！”

霍勒斯·恩达尔也大笑起来，纵情的、爆发式的开怀大笑。他头往后仰，然后是上身，整个胸脯都在颤抖。“开怀大笑”这个词从未被如此完美地诠释过。他插话说：“你说什么呢，克里斯蒂娜？要想一切恢复正常……”

克里斯蒂娜打断他，不让他继续说下去，坚持道：“不，那只是一句玩笑话！”

这一晚确实如此，大家都笑了半天。

这是一套流程。周四开会，周五公布。当你周围的世界崩塌时，流程就极为重要。这给人一种一切仍井然有序，仍在掌控之中的感觉。这一次，固定流程也没有被打破。文学院在自己的网站上发表了以下声明：推迟颁发 2018 年的诺贝尔文学奖。是推迟，不是取消。

新闻稿明确表示，2018 年的诺贝尔文学奖会在次年秋季与 2019 年的同时公布。理由是：院士人数减少，瑞典文学院遭遇信任危机。新的常务秘书将在以后说明，这是一场非常严重的危机。

目前，院士们表现出极大的乐观。将 2018 年大奖推迟至 2019 年，意味着文学院的工作将继续。但跌入地狱的旅程才刚刚开始，在接下来的几周到几个月里，情况急转直下，人们甚至不能确定文学院还能否在 2019 年如常颁奖。

在之前的新闻稿中，文学院承认诺贝尔文学奖的声誉已因围绕这场危机的不当宣传而严重受损。脸皮太厚了！一位社论作者表示愤怒，是文学院本身的行为损毁了自身形象，不关别人的事。

《每日新闻报》揭示了这一决定的幕后：尽管官方声称经过对话，其实是诺贝尔基金会出手，迫使瑞典文学院宣布推迟诺贝尔文学奖的颁发，这损坏了文学院的信誉，包括国际声望。但决定不是由基金会，而是由文学院自己公布的，这至少暂时保住了脸面。

此前有 7 次，由于缺乏适当的候选人，致使诺贝尔文学奖在次年颁发。比如理论上来说，罗曼·罗兰获得的是 1915 年的诺贝尔奖，而真正领奖是在一年后的 1916 年秋天，1916 年的获奖者则是卡尔·古斯塔夫·韦尔纳·冯·海顿斯坦姆。类似的情况还发生在 1919 年、1926 年、1927 年、1928 年、1937 年和 1949 年的得主身上。

还有 7 次，诺贝尔文学奖直接被取消了，分别是 1914 年、1918 年、1935 年、1940 年、1941 年、1942 年和 1943 年。大多数情况是因为当年发生了战争。这就是问题所在，它撼动着社会人心：每一个“没有”诺贝尔奖的年份，都需要一个原因。人们关注。人们询问。没有得主，

20 世纪 20 年代的文学作品竟那么惨淡吗？即便在一些战争年代，诺贝尔文学奖也还是授出了啊。那么 2018 年呢？没有战争，原因何在？

批评如雨点般落下。瑞典文学院独特的使命就在于颁发诺贝尔文学奖。放弃颁奖无异于让现在这个灾难永远得奖。

无论在斯德哥尔摩还是世界其他地方，这一消息造成的冲击都是巨大而直接的。

一些人对这一决定举手赞成，因为诺贝尔文学奖的形象的确遭到了损害。德国日报《南德意志报》文化版的一位前主编称院士们是自以为是的地方小名流，一份意大利报纸则使用了“诺贝尔败类”这个词。

谁愿意从一个名誉扫地、四分五裂的衰败团体中接过诺贝尔文学奖呢？一位美国文学评论家发问。

《达拉民主党人报》主编和诗人约兰·格赖德觉得此事很讽刺。在他看来，诺贝尔奖是令所有作家心动的理想目标。他想象着得主的反应：哦，1000 万瑞典克朗（当时相当于 100 万欧元）和永久的文学荣耀？不，这些瑞典人翻车了。谢谢了，是谢绝的谢。

英格丽德·卡尔贝里正在写一本关于阿尔弗雷德·诺

贝尔时期的瑞典的书，对她来说，取消颁奖改变了一切，原本的文学院危机变成了诺贝尔奖危机。

她参照的是阿尔弗雷德·诺贝尔于 1896 年发表最后遗愿的那个年代。报纸随后提到了诺贝尔奖的创立。它对文学院的限制极其严格，评奖单位必须远离各种派系、阴谋和内斗。众所周知，这些都是阿尔弗雷德·诺贝尔本人所深恶痛绝的。

阿尔弗雷德·诺贝尔的愿望很明确：奖项应颁给为人类福祉谋利的事业，就是说要奖励那些为人类整体利益而奉献自我的人。比如，他不想把奖颁给畅销书作家。然而，当院士们决定不把调查报告交给警方的时候，无论是对于瑞典文学院还是对于诺贝尔奖，他们都已经把自身的利益置于机构的利益之上了。在英格丽德·卡尔贝里看来，如若阿尔弗雷德·诺贝尔得知人们竟为了这样的理由不颁发诺贝尔文学奖，他定然死不瞑目。

但诺贝尔基金会主席也明白，这样下去，所有的奖项都会受到牵连。诺贝尔奖这个品牌会被贬低和丑化。基金会不允许发生这样的事。在基金会的施压下，文学院只能推迟颁奖。

几个月后，瑞典的一家人物杂志进行了一项调查，仅有 15% 的受访者表示总体上仍对诺贝尔奖怀有极大信心。当被问及瑞典文学院事件是否影响他们对诺贝尔奖的印象时，60% 的人承认有负面影响。

2018 年 5 月 4 日，当文学院危机转变为诺贝尔奖危机时，瑞典一名知名女记者认为不能就这么失去今年的诺贝尔文学奖。她做了一个疯狂的决定，没有文学奖，那就照原样再颁一个奖，后来我们知道这事做得相当成功。她会在“真正”的诺贝尔文学奖颁奖日颁发这个奖，不管是不是偶然，这事都将与这一事件关联的另一件事撞车。

2018 年 9 月 19 日至 24 日，斯德哥尔摩法院就让 – 克洛德 · 阿尔诺于 2011 年秋对同一女性犯下的两起强奸案进行不公开审理，庭审现场没有旁听席位。原本有 8 名女性起诉，7 人因被认定事实或证据不足而被驳回。阿尔诺仍矢口否认这一切。在正式宣判前，他会被暂时羁押。

瑞典的司法程序很高效，以灵敏和审时度势著称。或者说有幽默感，或者说有戏剧性。10 月的第一周俨然是诺贝尔周。瑞典和挪威各评奖委员会相继公布当年的诺贝尔奖得主。每天公布一个。

周日晚上，就在奖项即将公布的前几个小时，报纸刊出消息，称瑞典各大学与名校作假现象日趋严重。这些学校就是日后为诺贝尔各评奖学院输送人才的机构。当然了，如果人不成才，就什么都输送不了。

2018年10月1日，是斯德哥尔摩万众瞩目的诺贝尔奖揭晓周的第一天，也是斯德哥尔摩法院选定的宣判日：11点01分，判决公布——“文化名人”因强奸罪被判处两年监禁和11.5万瑞典克朗（相当于1.1万欧元）罚金。不过，他在另一起涉嫌的强奸案中被判无罪。这位自诩为文学院第19席院士的人从监狱管理部门获得了2018/5598的编号。

32分钟后，11点33分，第一声钟声响起。诺贝尔生理学或医学奖揭晓。

12点01分，阿尔诺案受害人的律师表态：“法院的判决对众多女性和整个MeToo运动意义重大。我的客户得到了应有的赔偿。”

判决，揭晓，诺贝尔奖，文学院，诉讼，人们被搞得晕头转向。

为避免信息出现混乱，英国广播公司在其推特上没有发布任何有关诺贝尔生理学或医学奖的信息，而是在同一时间更新了瑞典的国家概况，开头如下：“瑞典作为世界上最发达的后工业社会中的一员，根基始终稳固，经济强劲，失业率低。2006年之前的70年中，大多由社会民主党执政，由它创立的公私合营模式是瑞典模式的核心。”英国广播公司进一步指出，自2015年移民危机爆发以来，瑞典接纳的外国人数量远远多于其他欧盟国家。

但该来的总是要来的。同一时间，英国广播公司在西班牙语的推特新闻账号发布了《最新时刻报》的一条消息："免疫学家让–克洛德·阿尔诺和本庶佑[1]因为对抗癌症作出的贡献获得诺贝尔生理学或医学奖。"

账号下的反应不言而喻："什么什么？""妈呀！""巨大的错误！"由此，2018 年 10 月 1 日，"文化名人"正式更名为"巨大错误"。只有他的挚友恩达尔对此表示反对。

① 本庶佑（1942— ），日本免疫学家，美国国家科学院外籍院士，德国国家科学院院士，日本学士院院士，2018年诺贝尔生理学或医学奖获得者。

# 7
# 反面夫妇

有两对夫妻堪称这个故事的灵魂人物：霍勒斯·恩达尔和埃芭·维特–布拉特斯特伦，卡塔琳娜·弗罗斯滕松和让–克洛德·阿尔诺。

霍勒斯·恩达尔浪漫优秀，口才出众，能用三种语言吟诗，喜欢戴博尔萨利诺[①]男毡帽。“从众多的套头帽和丑陋的棒球帽中脱颖而出，是对个人品位的衡量。”他说。

他自诩为文学院的撑伞人，守护着“天才与鉴赏”的座右铭，“抵挡雨水、烂菜叶和具体的批评”，他对自己引起的论战心中有数。

恩达尔这人很古板，有一次，他说美国作家都狭隘

① 博尔萨利诺（Borsalino），意大利历史悠久的制帽品牌，因精细的毛毡和严格的制作工艺而闻名，成为男士帽子的代名词。

孤僻，这在大洋彼岸当然会招致骂名。他忠于自己，忠于自己的想法和人生观，仿佛很久以前就已决定自己应该成为什么样的人。他是作家，也翻译布朗肖[①]和德里达[②]的作品。

他父亲是军官，母亲是家庭主妇，弟弟是海军上将。他后来说："我出身于军官家庭，服过役，45岁之前，每三年当一次预备役军官。我不算和平主义者，这再简单不过。"

1997年，他成了文学院的第17席院士，此前10多年，他一直在《每日新闻报》的文化版写文学和舞蹈评论，没想到在这次危机中，旧东家成了他最大的敌人。

几个月来，他成了众矢之的，变成了文学院的"坏小子"。

"那个诞生于1786年的文学院已不复存在，最优秀的18人变成了最差劲的11人。"

恩达尔是"全新军政府的领导"，一手策划了"无耻的宫廷政变"。

这位作家有时会出现在文学院外面，戴着墨镜，带领几个被称作"地堡帮"的人，推开路人，这些人似乎

---

① 莫里斯·布朗肖（1907—2003），20世纪法国著名的文学评论家、理论家及小说家。

② 雅克·德里达（1930—2004），法国哲学家，20世纪下半期法国最重要的思想家之一，西方解构主义的代表人物。

掌控着文学院。

《每日新闻报》的一位女撰稿人写道："霍勒斯·恩达尔已经道德破产，他当真以为没人注意到吗？"

与全世界为敌？"霍勒斯·恩达尔很傲慢，"文化专栏的一位女负责人说，"我看他不会辞职。"

她说对了。

霍勒斯·恩达尔的反应很符合他给人的一贯印象："成为瑞典最不受欢迎的人，这很适合我！"一切都藏在这句话中，这个手段高明的知识分子，始终坚持做他自己。

女作家莱娜·安德松是少数几个敢于捍卫他的人。对她来说，文学院危机首先是瑞典公共领域和文化新闻界的危机。"众所周知，霍勒斯·恩达尔是瑞典语运用得最好的演说家。他所受的苛责不仅仅来自我们社会对成就、教育和权威的民粹主义的蔑视，还有一点不容忽视，那就是公众纯粹的嫉妒。"

2018 年秋天，MeToo 运动已持续了一年，霍勒斯·恩达尔在英国杂志《泰晤士报文学增刊》上表达了自己对法国好友的判决结果的观点。在他看来，判决——两年监禁——缺乏严肃的证据："我很惊讶，一个人可以在没有任何实据的情况下被送进监狱。我们生活在一个危险的时代。”他将女控告人视作大革命后指控玛丽－安托瓦内特和自己孩子乱伦的证人。骂他是坏小子的声浪再次在瑞典掀起新高潮。

在评论审判结果时，恩达尔言辞更加激烈：“这也取决于我们对侵犯的定义。”这无疑为他招来了新一轮的谩骂。

一位专栏编辑表示，他就是这样，迷失在崇拜他个人才华的文化领域里，知识分子中的怪人。

有些人认为他应该消失、闭嘴，不应再拉低文学院的水准；另外一些人则表示钦佩，他们并不是支持他的观点，而是因为他勇敢地表达了自己的观点。

恩达尔与瑞典大名鼎鼎的女权主义者、比较文学教授埃芭·维特－布拉特斯特伦结婚多年。对风趣出色的批评家、煽动者和饱学之士来说，她是不容小看的对手。她深刻影响了人们对瑞典王国的印象，为它赢得了全球女权主义土壤的名号。我 1994 年初来瑞典时就知道她，当时右派掌权。埃芭·维特－布拉特斯特伦是一个很受欢迎且极有影响力的女权主义小团体“长筒袜”的成员。她们曾施压，如果现有政党在名单上无法实现绝对的公正，她们将在 1994 年的 9 月议会选举期间创建一个女性政党。最后她们取得了彻底的成功。瑞典议会的议员最终有 40% 的女性，新的社会民主党政府也实现了性别平等。

这对夫妻于 2014 年离婚。在这次的危机事件中，双方谁也没闲着。

埃芭·维特－布拉特斯特伦在著作《肩并肩，女性、男性与 20 世纪 70 年代的文学》中提到，这是一个接管傲慢强势的年轻男性的时代，同时被接管的还有重量级的思想家，譬如雅克·德里达、罗兰·巴特、莫里斯·布朗肖、西奥多·阿多诺和雅克·拉康。

在《泰晤士报文学增刊》的一篇文章中，她把前夫描述为蹩脚的笨蛋："他只有一条牛仔裤，上面还有洞。我得照顾他。"

分开后，他们彼此清算。

2016 年，埃芭·维特－布拉特斯特伦出版了她的第一部小说《世纪情殇》，与芬兰女作家玛尔塔·蒂卡宁的《真实爱情故事》相呼应，后者讲述了作者与酗酒的作家丈夫之间充满激情和破坏性的关系。埃芭·维特－布拉特斯特伦在自己的书中这样开头：

他说：如果你抛弃我，你只能期待永恒的仇恨。

她说：我认为我们两人之中有一个人必须死。

**死亡之舞**

他说：今天早上并不比平时糟糕，没有比这更好笑的了。双方的亲密度每周都降低几个百分点。

…………

她说：从什么时候起，你在侮辱我、贬低我、取笑我之后不再请求原谅了？

…………

他说：我讨厌70年代。没人看到我。

…………

她说：总和坏人在一起会让你成为坏人。

他说：我为自己感到骄傲。反正没人会听你抱怨。

…………

他说：打架最重要的是耐力。你必须给对手时间，让他犯严重的错误。

诸如此类。

前妻出书不久，霍勒斯·恩达尔在对头的出版社邦尼尔出版了警句集《最后一头猪》。

封底宣称："对许多人而言，他代表了知识分子。《最后一头猪》并没有与这一形象相矛盾，而是对其进行扩充和细微调整。霍勒斯·恩达尔的文本通常带有挑衅意味。"

封面介绍："和以往一样，耀眼、恶劣、自负且优雅，最重要的是，对人性有足够的兴趣，仍然想指导它。”

他这样开头：

“你的价值等同于你作恶的能力，至少是停止为善的能力……”

第一页只有这一句话。接下来的一页上写着：“作家必须做好准备，背叛所有事所有人，以找到自己的声音。”

还有：

“在一个年轻男子的内心深处，只能容纳一件东西，那就是他自己。

“一个年轻女子的内心深处，是空的，甚至没有自己的位置。她坐在外面，等着什么东西来填满它。

“有一天，她发现自己孤身一人。来过的人都走了，如果不是被她赶跑的话。她明白，是熄灭的时候了。”

接着又这样写道：

“男人是一种无法忍受自己本性的动物。”

最有争议的一句是：“插入对女人来说永远意味着失败，对男人来说永远意味着胜利。”

诸如此类。

与毒舌知识分子霍勒斯·恩达尔和女权主义文人埃

芭·维特–布拉特斯特伦这对张牙舞爪的夫妻不同，另一对夫妇亲密且神秘：色狼让–克洛德·阿尔诺和阳光女诗人卡塔琳娜·弗罗斯滕松。

“文化名人”的双重生活充斥着各大报纸的版面。一家报纸用《白天是她的，夜晚是他的》这样的标题来描述如今这对落难的夫妻。

惊人的一对。资格最老的女院士相信，他们俩因某种神秘的契约而联结。她不可能不知道，但她不在乎。

人们同情她，因为那个男人到处留情，而且他的行为远超单纯的打情骂俏，他有时特别具有攻击性。

莫斯科文化顾问和斯德哥尔摩文化界的常客斯特凡·英瓦松说，他多次看到让–克洛德·阿尔诺对女性动手动脚。有一次他忍无可忍，抓住那个法国人的领子，把他赶出了出版商的聚会。英瓦松随后像所有人一样对待阿尔诺，讥讽他为“混蛋让–克洛德”，并告诫年轻姑娘们远离他。

2018 年宣布延迟颁奖的几天前，一家日报披露，“混蛋让–克洛德”过去曾对 28 岁的女王储下手。《瑞典日报》认为这条新闻极为重要，因此也在网站上以英语、德语和法语发布了该文章。“瑞典的维多利亚公主也是被猥亵的受害人。”报道称，有三位目击者，包括一位文学院成员，在 2006 年斯德哥尔摩的一次晚会上，他看到阿尔诺将手放在公主的屁股上。这一插曲过后，恩达尔接到命令指示，永远不要再安排阿尔诺单独与公主一起。所以，发表揭露阿尔诺性侵文章的前两天，维多利亚公主和母亲公然支持 MeToo 运动也就不奇怪了。

当时的目击者也谈到阿尔诺挥霍文学院的钱。入夜以后，诗人们在价格不菲的餐厅读诗，用他“论坛”俱乐部的钱享用香槟和出租车。阿尔诺也有好的一面，他乐于提供各种服务，经常交换点东西。

至于卡塔琳娜·弗罗斯滕松，她表现得非常内敛，无论在诗歌方面还是在行为举止上都毫不妥协，完全生活在自己的世界中。阿尔诺在不卑躬屈膝的时候可以很热情迷人，与弗罗斯滕松在社交场合出双入对。

2016 年，霍勒斯·恩达尔在接受一名记者的长时间询问时，对自己的法国友人赞不绝口。据他看，这是唯一会享受生活的人。他认为，应该把“论坛”改造成面向年轻人的时尚学校。不是要教导年轻人成为文青，而是成为绅士，恩达尔感叹道。这位前常务秘书再也离不开这条战线了。

在恩达尔眼中，阿尔诺代表了生活应有的样子。他是自愿被这种“法国的精致”蒙蔽双眼的吗？

两位瑞典记者朋友曾这样对我说：要是阿尔诺是瑞

典人，他的行为恐怕早就被曝光了，不可能像现在这样子持续这么久。但他是法国人，来自法国，那么这种行为就是可接受的。人们觉得它太有异国情调了，有法国味儿……

大家都在纳闷：让 – 克洛德·阿尔诺是不是抓住了恩达尔和其他院士的把柄，威胁要公开他们的秘密？否则，恩达尔为什么甘愿牺牲他在文化界的核心地位，变成现在人人喊打的样子呢？

谁也想不通。

风暴中，恩达尔始终忠于他享乐至上的友人，坚称“文化名人”是“巨大错误”的受害者。

恩达尔的前妻埃芭·维特 – 布拉特斯特伦非常了解阿尔诺和弗罗斯滕松这对夫妻，她也说他们之间有种“奇怪的契约”。“他们是文化界的王室夫妇。两个人有意构建起一种地位。”卡塔琳娜·弗罗斯滕松知道丈夫有外遇，这已是公开的秘密，但某种协议让这种情况变得可以接受。

阿尔诺是毫无亮点的小法国人，是外来者，试图在他人的影子下在瑞典占有一席之地。他碰到了那个很阳光的女诗人，于是蓬勃发展了起来。

佩尔·韦斯特伯格院士是支持授予阿尔诺皇家北极星勋章的人之一，但他心存疑虑，尤其是听说过去的性侵事件后。韦斯特伯格当时就询问了弗罗斯滕松。“她根本不想谈这件事。”其他院士跟她提这件事，她会当场翻脸。对她来说，那都是谎言和诽谤。

危机期间，韦斯特伯格向意大利媒体讲述了阿尔诺是如何纠缠年轻姑娘的。“他对她们施压，向她们许诺画廊之类的工作。我们向弗罗斯滕松问起这事。她对我们保证，这全是想抹黑她丈夫的流言蜚语。他们两人，妻子是骗子，丈夫是罪犯。”

人们后来会提起针对韦斯特伯格诽谤的起诉，但它被淹没在危机中了。

2018年，弗罗斯滕松出版了诗集《七日圣枝》，这令《快报》的一位专栏作家十分兴奋。有人说，这很难理解，或高深莫测，只有那些相信真理是简单、重要、有价值且不经认真思考就能获得的东西的人才能理解。这位专栏作家指出，10多年来，弗罗斯滕松斗争性最强的文章抨击了新自由主义秩序最糟糕的方面，涉及气候恶化、银行危机、盲目消费、垃圾倾泻带来的生存危机，以及毫无限制的自由对世界的破坏。

几个月后，当弗罗斯滕松的去留成为文学院存亡的巨大赌注时，这位专栏作家会适时地想起25年前，弗罗斯滕松当选院士时另一位专栏作家所写的文章。当时正值拉什迪事件发生不久，三位院士离开文学院，放弃工作。她的当选仿佛是文学院的拯救行动一样受到欢迎，"激动人心的好消息""出乎意料的神来之手"。成为院士带来了合法性，为她赢得了尊重，这位年轻的先锋派女诗人脱掉了"论坛"的运动服，那是这位新晋女院士的丈夫阿尔诺经营的多媒体画廊。他还补充说，现在完全可以想象，不止霍勒斯·恩达尔，还有安德斯·奥尔松或斯蒂格·拉松，都可以成为文学院院士。恩达尔于1997年当选，在1999—2009年间担任常务秘书；奥尔松2008年当选，2018—2019年任常务秘书。弗罗斯滕松总是隐在幕后，身披正直的外衣，她是她这一代最杰出最有影响力的诗人之一。恩达尔说他想救的就是她。弗罗斯滕松是女院士，这是这代人应该记住的，他声称。

弗罗斯滕松变成文学院的累赘。

弗罗斯滕松是她丈夫的第一受害人？

她将始终如一。2018年秋天，阿尔诺案件审理期间，她为他作证。律师让她描述一下她丈夫。"他热情、殷勤、友善，是非常温柔的人，"她还说，"跟那些讽刺漫画上的丑态完全不像。"她断言从未见过丈夫有原告所述的类似行为，更不相信他会一方面以这种方式对待自己，一方面又以不同的方式对待其他女性。“我和他共同生活了 43 年。我了解他，包括他的为人和圈子。”当当事人的女律师指出，针对他有非常多的指控时，她回避道：“那是一篇基于匿名证词的新闻报道。”女律师说：“您无法知道他如何与其他女性来往的。”妻子说：“我对他的了解无人能及。”

# 8
# “论坛”俱乐部

无论如何，要理解这一“事件”，弄清其部分轮廓，必须深入了解20世纪90年代的瑞典。走下通往“论坛”的几个台阶，让自己沉浸在这家位于斯德哥尔摩西格图纳加坦街14号的俱乐部的独特氛围中。

我在节庆上遇到的一位瑞典作家跟我提过它。他非常谨慎，愿意讲给我听，前提是必须匿名。“你懂的，我有时为瑞典文学院工作。”

世界很小。在瑞典这样的国家当作家、译者或文学评论家，情况更是如此，很难完全避开文学院及其资金、网络或影响力。

我们暂且称这位作家为亚当，从20世纪80年代末“论坛”始建时起，他就经常出入那里。“就像去参加一个不必受到邀请的聚会。”

这样的斯德哥尔摩是我从未见过的。我到瑞典时已是 20 世纪 90 年代初，那样的聚会已经没有了。

那时我从蒙彼利埃来到此地，早上经常在斯德哥尔摩乱转，找一家咖啡馆，在那里读读报纸。接着，最早一批露天咖啡座低调地出现了。我们在酒类零售专卖店购票，以便买到橱窗后面那遥不可及的葡萄酒。杜绝罪恶。这个国家是严肃的，向来如此。它受到过伤害，肉体上的。它还有身为模范社会的自尊心。瑞典正经历 1929 年以来最严重的经济危机，失业率短时间内从 2% 激增到 10%。街上出现流浪汉，一种不安定的新景象。乞丐在公园里捡啤酒罐。即便遍体鳞伤，这座城市仍旧整洁得令我震惊。早我 20 年来瑞典的突尼斯朋友法蒂，他很怀念年轻时的那个福利国家和它的平等主义，真正的平等主义，而不是 20 世纪 90 年代初已经变了味的那种平等。他说得没错，是金融服务和信贷的放松管制让瑞典陷入危机。早于大多数欧洲国家，民主社会主义的瑞典已经开辟出经济金融化的道路。对某些人来说，对这种现象的背叛甚至在更早之前就开始了，比如两名瑞典共产主义记者，马伊·舍瓦尔和佩尔·瓦勒，他们在 1965 年至 1975 年写了 10 部侦探小说（由法国黑岸出版社出版），系列名叫“一桩罪案的故事”，塑造了贝克探长这个角色，滋养了一代北欧作家。我通过观看根据该系列作品改编的电视剧学会了部分瑞典语。

那些年，瑞典第一次面临大规模移民潮，移民大多来自巴尔干地区，尤其是波斯尼亚，第一次海湾战争后还有来自伊拉克的。我在 SFI（一个帮助所有难民和移民免费学习瑞典语的公共组织）上瑞典语课程时，其他学生大多是来自波斯尼亚或伊拉克的难民。对于我这样为了一个瑞典姑娘的美丽双眼而从法国南部跑来的人，他们决定授予我“爱的难民”称号，这样我在集体里就不会感到太孤立。

另一些人则不太友善。这一波移民潮引发了排外情绪，新纳粹暴力小团体层出不穷，他们通过当时非常流行的“白人力量”音乐会在年轻人中招募成员。

那些年，瑞典在 1994 年秋季全民公投之前，也在为是否加入欧洲经济共同体（欧盟的前身）而激烈辩论。

瑞典身份的各方面都被动摇了。

还有瑞典年轻作家佩尔·哈格曼，他酷爱里维埃拉，在小说中描写斯德哥尔摩的地下酒吧，以抗议午夜闭店。听说，人们在企业的庆典上开怀畅饮，同事之间发生一夜情也十分正常，但第二天一早，当新教的职业道德重新占上风时，这些庆典又立刻被忘了个干干净净。严肃而混乱。

来到瑞典 20 年后，让 – 克洛德·阿尔诺在与卡塔琳娜·弗罗斯滕松结婚的 1989 年，创办了“论坛”俱乐部。

他最初在那里学习摄影，但那段时光并没有留下多少回忆。阿尔诺想排演自己的戏剧《塞瓦斯托波尔》，但是没有场地。当他找到西格图纳加坦街 14 号这个地方时，斯德哥尔摩的知识精英向他伸出了援手。

震惊瑞典人的“诺贝尔事件”爆发前，背景是什么样的？

“论坛”是一家小型、低调的知识精英俱乐部，在市中心的地下蓬勃发展。这在斯德哥尔摩广场独树一帜，体现出让－克洛德·阿尔诺在智力与审美上的勃勃野心。瑞典的艺术文化名流常出入那里，有时还有国际友人，定时举办读书会、讨论会、爵士或古典音乐会、当代舞或戏剧的演出。每个月至少有一次活动，当然和诗歌有关，读“卡塔”，也就是卡塔琳娜·弗罗斯滕松的诗。在那里可以遇到作家和院士们。

于是有人说，“论坛”是文化精英自己的“搏击俱乐部”，“诺贝尔委员会的客厅”。这是一个地下学院，专注于相互吹捧和浮夸的诗歌朗诵，用塑料杯盛劣质葡萄酒。当然，这样的地方也有独特的忠实受众，他们乐于找到一个远离瑞典主流的另类而私密的舞台。从这个角度来看，我们必须承认，让－克洛德·阿尔诺懂得如何迎合需求，用他自己在一次采访中的话来说，为那些“寻求智力刺激”的人提供了另一处可供选择的高门槛所在。

阿尔诺知道去哪儿找运营店铺所需的资金。国家艺术委员会自2006年以来提供了将近32万欧元；音乐机构2013年为俱乐部的一个项目提供了2万欧元，2015年为另一个项目提供了3万欧元；斯德哥尔摩市从2010年起每年资助将近4万欧元。

“我想每个人都去过‘论坛’。”瑞典文学院诺贝尔委员会主席、院士佩尔·韦斯特伯格对我说，“我去过两次，萨拉·达尼乌斯也去过。大家都觉得这俱乐部挺有意思的。每周日15点，人们会用瑞典语读25页普鲁斯特的作品，演员和作家每周轮换，我也参与其中，就这样持续了好多年。这是斯德哥尔摩独特的一景。”所以佩尔·韦斯特伯格后来没能严厉地谴责让-克洛德·阿尔诺，只是说：“斯德哥尔摩今后没有类似的场所了。这类场所是必要的。”这有点像“死亡诗社”。

那里的氛围充满了对院士和艺术家的深深敬意。“就像一座混凝土的教堂，人们在那里等待着明星夫妇的出现。”“论坛”的一位女性前员工说。她口中的明星夫妇指的就是布拉特斯特伦和恩达尔。他们进来时，所有在场者都会表现出极大的敬意。在这表象后面，“论坛”的工作者其实冒着触怒老板的风险。

“论坛”还吸引了一些想打零工的年轻姑娘，通常是些学生，她们希望在文化界谋一份差事。并非所有人都受到过阿尔诺的骚扰，在这地下场所，只有一部分别无选择的女性被阿尔诺监视和挑选。

据她们当中的一人讲述，如果年轻女性拒绝阿尔诺的示好，或提及他与恩达尔的交情时，他就会大发雷霆。

阿尔诺招数用尽。这位女性还说：“他告诉我，文学院里没人对我满意。他就是想让我感觉很糟。”“论坛”的这位前员工指出，阿尔诺还曾威胁说，有办法让不听话的人永远拿不到文学院的奖学金。他历数受他照顾的人，他们都得过奖或奖学金。

阿尔诺，一个有权势的人。他善于找到这些有自伤行为的脆弱女孩。“我为自己的沉默感到羞愧。”她们中的一人说，“也恨自己被他选为猎物，和其他女孩一样任他宰割。我也担心自己会被排除在上述那些奖金、资助和社交圈之外。”这些或许能让人下定决心吧。职业生涯还没有开始，怎么就忍心眼睁睁地看着它被毁掉呢？

阿尔诺更爱谈论忠诚。“你忠诚吗？”阿尔诺的周围似乎时常充斥着这句话。

《每日新闻报》的调查发表后不久，人们便得知，1996 年 12 月，一位在“论坛”办过展览的年轻女艺术家曾给文学院写信，投诉“文化名人”。她写道，让－克洛德·阿尔诺“滥用俱乐部艺术总监的职位，利用甚至侮辱身边女性，尤其是年轻女性”。另有4名年轻姑娘为此作证。当时的常务秘书恐怕正全身心地投入维斯瓦娃·辛波斯卡获诺贝尔文学奖的庆典，没有及时跟进。第二年春天，一家日报报道了一起性侵案，文章标题为“Sexterror I kultureliten”[①]。即使对一个法国人来说，瑞典语有时也很容易看懂。但这个直指文化精英中心的性恐怖事件并没有激起任何回声。沉默再次震耳欲聋。更糟的是，让－克洛德·阿尔诺的朋友们纷纷站出来为他辩护，站在第一线的就是几个月后当选瑞典文学院院士的霍勒斯·恩达尔。

法国一家杂志嘲讽地给阿尔诺颁了一个“诺贝尔骚扰奖”，同时为瑞典文学界的这个小圈子颁发“诺贝尔沉默奖”。

一位与霍勒斯·恩达尔走得很近的女作家为他辩护：如果让－克洛德·阿尔诺真的如描述中那么不堪、不道德、不可理喻，在利欲熏心的媒体的推波助澜下，最终导致瑞典文学院陨落、霍勒斯·恩达尔垮台，她会觉得这

① 原文为瑞典语，意为“文化精英中的性恐怖”。

非常古怪。这位女作家的意思是，假如确有其事，并且所有人都知道，为何这些写手当初任凭其发生，如今却突然变得忍无可忍呢？或许“论坛”最有影响力的成员寻求的是一种激进的生活方式，远离小资产阶级的美德。就像卡塔琳娜·弗罗斯滕松所说，毕竟在一个“别样社会别样规则”的地方，两人之间的关系，又有谁能真正说得清呢？这位女作家坚持认为，这是理解这出闹剧的关键。如果您迈入那里，您就签下了跨越界限的默许状。

据 21 世纪初在“论坛”工作的一位音乐评论家说，那里时常将艺术感与性魅力混为一谈：比如女人，可以作为神的造物，有能力成就或摧毁一个男人；也可以是个无情的悍妇，当然没人会乐意被归为后一类。这是一种过时、老旧、肮脏的厌女观点，可他们认为这是进步的。谁要是反感或有异议，就会被指责为小资产阶级。

在那里工作的所有女性不仅有不好的回忆，而且多数都厌恶盛行的文化观点：不色情就不是艺术家。

主打颓废、前卫、波希米亚风的精英主义腔调，假充高雅、深刻。这就相当于说：我们是最懂的人。一副老派男士俱乐部的样子，由女性为绅士们服务。

一个白天在经济研究所做研究员的瑞典人，他到了晚上很喜欢光顾“论坛”。据他说，每次和让–克洛德·阿尔诺打招呼，他都没有得到回应，直到他想明白了个中原因：他没任何用处，不会有人理他这种身份的人。

在阿尔诺眼中，只有那些位于文化中心的有权有势者才有用，才能对其有所回应。这个小团体有两位核心人物：霍勒斯·恩达尔和斯蒂格·拉松。他们是亲密的朋友，彼此欣赏。

# 9

# 《孤独症患者》

霍勒斯·恩达尔、让-克洛德·阿尔诺，还有斯蒂格·拉松。

埃芭·维特-布拉特斯特伦谈到前夫时宣称，他只有两个朋友，斯蒂格·拉松和让-克洛德·阿尔诺。

斯蒂格·拉松在 2006 年一次采访中引述道："一般来说，知识分子都是思想的贱货，心里唯一想的，就是在朋友中出头。"

《孤独症患者》是瑞典作家斯蒂格·拉松于 20 世纪 70 年代创作的代表作，"论坛"俱乐部知识分子核心小团体的招牌，这些"特殊"规则总有一天会转而阻碍他们。

孤独症：一种发育障碍，其特征是脱离外部现实，主体的精神生活完全被内心世界占据。

在"论坛"这个瑞典优秀精神的剧场、精致文化的堡垒中，一群年轻人迅速脱颖而出。文学杂志《危机》编辑团队是瑞典后现代思想的主要传播者，其发起者便是斯蒂格·拉松。注意这个名字里没有“尔”，不要和记者斯蒂尔格·拉松弄混了，因为后者在极右翼方面有深刻的认识，我在20世纪90年代和他相识，他最著名的身份是“千禧年”系列侦探小说的作者。这两人都来自瑞典北部的西博腾省，年龄上也仅相差一岁。您能想象作家们会越发相像或渐行渐远吗？当斯蒂尔格与新纳粹分子及社会的盲目性进行战斗时，斯蒂格则完全相反，他沉迷于一种自己故意挑起的颓废中。

当我遇到佩尔·韦斯特伯格时，我对他说，在我心中，斯蒂格和斯蒂尔格代表着当代瑞典的两面。他表示赞同：“不表态和表态，审美与道德。一个追寻美与深度，另一个走向真理。”

斯蒂格·拉松自1979年出版《孤独症患者》以后，就成了一位备受推崇的作家。

据霍勒斯·恩达尔后来回忆：“我们当时很穷，一刻也没怀疑过我们所做之事的价值。”2005年，他这样评价斯蒂格·拉松：“斯蒂格·拉松凭借小说《孤独症患者》，打破了那个年代的善意文学和进行教育的尝试。”《孤独症患者》已被年轻作家和知识分子奉为邪典，斯蒂格·拉松也成了“论坛”的核心人物。

“他的作品富有争议是不争的事实，”恩达尔写道，“斯蒂格·拉松早年时常被视为挑衅者，被描述成秉持不道德和反政治态度的代表。他愿意不加歪曲地接受人类的一切经验，这被解读成窥视癖和冷血无情。”

2019年冬天，斯蒂格·拉松在斯德哥尔摩小埃辛根岛住所附近的“玫瑰梦”咖啡馆，向我讲述《孤独症患者》的起源。“我向霍勒斯展示自己写了一半的书，他告诉我写得很棒，还说‘再写多两倍的量，就是一部小说了’。我告诉他这里面没什么情节。他说‘很现代，挺好’。于是我多写了两倍的量。那时我23岁。起初，1979年秋天时，没有任何书评，圣诞节前后出现了一篇，接着就到了春天。两三年后，才终于被注意到了。”

《孤独症患者》以打散的蛋黄的故事起始，然后写到了1970年寒冷的春天，接着是对勃艮第蜗牛性欲的博学描写，再之后是关于格鲁吉亚农村一个适婚妙龄少女的模糊故事，叙述者用两根手指给她破了处。他谈到一个女巫，这个女巫说：“这是一个在港口待了很长时间的男人看到的第一艘船，他还会在之后的日子再次看到，那是某种可谓真理或死亡的东西。”叙述者仿佛是随心所欲地回忆着，场景浮现了便开始描述，丝毫不担心这之间是否连贯，以及它会如何被阅读、被理解。一个忧郁且幻灭的流浪者。《孤独症患者》就这样继续下去，好像世界在犹犹豫豫地敲着叙述者的大门，而他却在滑行，在漂浮。什么都抓不住他。“我感觉自己成了人们所讲述的对象，一个虚构的人物。”“原本重要的事，突然间就变得不再重要。”“工程师说得对：成为作家，就意味着万事万能，不再被人随意摆布。”

《孤独症患者》在瑞典掀起了后现代浪潮，是对 20 世纪 70 年代介入文学的反动。斯蒂格反斯蒂尔格。不道德的新英雄与意识形态叙事决裂。这种不道德靠斯蒂格·拉松另一本描写性侵少女的书而出名，这本书引起的反响远远超出了文学圈。斯蒂格·拉松在电视采访上透露，他偏好更年轻的姑娘，因为她们的性 pH 值更温和。他还讲述了自己施虐受虐的桥段，称自己之所以屈从于此类性关系，是因为年轻姑娘的纠缠就是希望获得更严酷的对待。这是一个脾气很冲的人。这种形象最终将吞噬并抹去偶像作家的形象。无论对错，它终会与“论坛”的主人联系在一起。认识斯蒂格·拉松的人说他一直如此，吸毒、和特别年轻的姑娘在一起，而不是谈论他的书。“行为幼稚。”一位前出版商一针见血地说道。

1973 年，还是高中生且痴迷电影的斯蒂格·拉松和几个朋友创办了一份小报《代码》。一个文化委员会为他们提供了资金，让他们将它办成一份真正的杂志。

1977 年春，他在一个名为北欧夏季大学的左翼知识分子组织认识了霍勒斯·恩达尔、安德斯·奥尔松等人。斯蒂格·拉松觉得自己太年轻，无法管理一份报纸，便向霍勒斯·恩达尔求助，后者刚被大学裁员，于是离开学术界加入了《危机》杂志。他后来声称自己有海盗精神，不是教书的料。

斯蒂格·拉松提出一个条件：他必须参加所有的会议。“他们让我重新认识了文学。这是些学者，极聪明的精英人士，却不怎么讨人喜欢。我懂得不多，而不管我提什么问题，他们都瞪大眼睛。什么，他竟然不知道西塞罗？随后，霍勒斯可以即兴发表演讲，谈半个小时的西塞罗。”

对《危机》的编辑们来说，瑞典是个同质化过高的工程师国家，文学视野过于方正，他们与文学的关系则更为自由。他们思想激进，鼓励批评。后来成为院士并任文学院常务秘书的安德斯·奥尔松也参与了这次冒险。在他的记忆中，《危机》像一个论坛，汇集了众多令人兴奋的新思想，例如阐释学和解构主义。当时的瑞典还处在古老的实证主义传统的统治之下。“我们发现在社会民主主义中，存在着非常强烈的共识。我们并不极端，但我们看到这种共识在发挥作用，就像我们在 MeToo 运动中所看到的那样，社交媒体导致了羊群效应。”

把这个小世界描述得最为精准的是诗人约兰·格赖德，他以不修边幅和对社会民主主义的坚定拥护著称，社会民主主义并未否认其工人传统。他认为，《危机》编辑团队的突破恰逢浪漫主义艺术观的回归，这种回归体现在对堕落的斯蒂格·拉松的欢迎上，后者代表了瓦解和淫乱，与雨果这样与不公正作斗争的作家大相径庭，格赖德在一次采访中这样说。这是一位不屈从于任何人的作家，对他来说，文本本身就足够了。“论坛”和《危机》都很好。“可悲的是，这些人从 20 世纪 80 年代成为激进分子以来就不曾进步过，”格赖德说，“他们的文学观行不通。”

# 10
# 瑞典重新发现自己有国王

国王总是有些用的。

了不起的瑞典，超现代主义与传统的完美融合，没有一点点不搭调。人们要么是社会民主主义的堡垒，要么不是……

2018 年春，瑞典文学院凌空爆出丑闻时，只剩下一个人，一块岩石。一块不那么可靠的岩石。是国王。瑞典有国王？这人是帝国元帅让－巴蒂斯特·贝纳多特的后裔。真是个笑话。然而，也只剩下他了。因为章程规定：瑞典国王是瑞典文学院的保护人。

别忘了：院士们一个接一个地背弃彼此，通过麦克风互设陷阱，派出文化流氓在日报的文化版面骚扰顽抗分子。起初，他们有 18 人。1989 年，因为文学院拒绝谴责对拉什迪的追杀令，有几人辞任，还剩 14 人。2018 年春，当两派发生激烈的冲突时，队伍进一步削弱。支持萨拉·达尼乌斯的3人立刻选择辞任，剩11人。接着，1名女院士在常务秘书萨拉·达尼乌斯卸任后也离开了，剩10人。早在诉讼之前，卡塔琳娜·弗罗斯滕松就随丈夫远避法国，剩9人。再后来，只剩下7人，希望运作不要乱套。那章程是怎么说的？瑞典文学院的日常运作需要7位成员，任命新成员以及评选诺贝尔文学奖则需要12位，否则决议无效。

谁会先屈服，霍勒斯·恩达尔还是国王？媒体上讨论的全是这个问题。

因为已经到这一步了。被公众称为坏小子的霍勒斯·恩达尔至少导致了5名院士的离任，全面阻碍了工作的推进。这是一个僵局。恩达尔一人对抗剩下的全部人。他面对的，是国王，唯一有能力改变现状的人。恩达尔对国王，千载难逢。可以想象，对热衷挑战的霍勒斯·恩达尔来说，这该是多大的诱惑。很难再找到这么强的对手了。

危急时刻，瑞典人都在问：国王应该解散瑞典文学院吗？

可根据1974年的宪法改革，这位国王在任何领域都不再拥有话语权。

在瑞典这个世界公认最平等的国家里，国王有什么用呢？出席剪彩活动？还有呢？

人们对他的要求是：千万别插手任何事情。

我们和编辑斯特芬·法兰·李提到过这个问题，他觉得特别有趣。如果国王插手，他就违反了宪法，必遭弹劾。这再清晰不过。可问题在于这是国王的文学院。法兰·李强调，文学院是“国王”的，并且笑了，人们可以认为，这是他甩不掉的义务，可无论怎样改变规则，也找不到任何理由证明国王有权这样做。

所以，霍勒斯·恩达尔说国王无权干涉文学院事务应该是有理的。可如果他提名三四名候选院士，国王却可以拒绝，因为这不合章程，这时国王又是有权的。国王和霍勒斯·恩达尔就这样僵持不下。

我想，对恩达尔来说，这一定激动人心：能对抗国王……斯特芬·法兰·李对此表示认同。恩达尔任文学院常务秘书时，就热衷于与国王对话。为此他几乎欣喜若狂。如今国王疏远他，他因反叛获得的欣喜丝毫未损。有点像是“没人能摆脱我”的感觉。如果您是恩达尔，您也很难放弃这样的地位。

没错，斯特芬·法兰·李也承认，否则恩达尔将毫无价值。

2018 年 9 月，选举的前几周，当政党领袖被问及对文学院内部危机的看法时，只有左翼党认为政客应该参与其中。但是国王……

当然了，自1786年起，国王就是瑞典文学院的保护人。但是国王……

该说是哪位国王呢？这位处境尴尬的国王吗？

2010年，我写过一篇关于瑞典国王举行的有史以来参加人数最多的驼鹿狩猎的新闻发布会。当时，一本爆料国王丑闻的传记几小时前刚刚发行，首印2万册，一天之内就销售一空，所有的记者都在等着王室的回应。但64岁的卡尔十六世·古斯塔夫国王只是说，他未读过此书，他与家人几天来讨论过媒体上流传的指责，此时他只想翻过这一页，不会回答相关问题。

在《即便是君王》一书中，3名瑞典记者揭露了瑞典国王贝纳多特元帅后裔自27岁以来的性生活秘密，大多数故事可追溯到20年前。一些女性匿名讲述了她们被叫来装点国王及其密友的私人晚餐，当事人则断言一切均为捏造的。“咖啡店女郎”事件一时间传得沸沸扬扬，大部分信息来自一个有案底的塞尔维亚前拳击手。他经营一家私人俱乐部，每周一给国王一行人开专场。

6个月后，这位国王的密友们找瑞典黑社会处理掉了丑闻照片。这件事证明，国王的密友也可以不讲究做事的技巧。这一爆料自然引发了舆论风暴。由于这种丑闻可能给主持外交事务的国王带来被敲诈勒索的风险，因此政府成立了调查委员会。

国王呼吁媒体翻过此页。王室的女眷们采取了应有的稳重态度，脸上挂着永恒的笑容。8 年后，一位社论作者指出，难怪王后与公主特意现身了 MeToo 运动。

哪位国王？那位说了蠢话的国王吗？

几年前，新闻头条叫嚷着："国王应当退位！""废除君主制！"瑞典王座战栗了。这场风暴的起源是，卡尔十六世·古斯塔夫国王于 2004 年对文莱（婆罗洲海岸的一个小苏丹国）进行正式访问时犯了一个错误。瑞典国王天使般宣称他视文莱为"比其他任何国家都更开放的国度"，因为苏丹每周日都会召见"来自五湖四海"的访客。这番话在斯德哥尔摩引发了一场空前的危机。在瑞典看来，文莱不仅是独裁国家，而且根据 1974 年作为保留君主制的条件，瑞典宪法禁止国王发表任何政治言论。57% 的议员认为这句话削弱了君主制，仅有 42% 的议员认为君主制应予以废除。国王更多被谴责为天真而非恶意，应该公开道歉。但政府发现自己陷入了困境，无法控制国家元首。

摆脱国王？

2011 年春，当卡尔十六世·古斯塔夫国王庆祝自己的 65 岁生日，并成为领取养老金的退休人士时，争论变得激烈起来。他终于要让位给 33 岁的长女维多利亚，然后安享晚年了吗？但没人能够免国王的职。

尽管如此，这个问题仍然值得认真研究。经计算，他可以领取的养老金为："每月 2944 瑞典克朗，依据旧体系，还须添加 4112 瑞典克朗作为补充。由于养老金金额较低，他还可以获得 1289 瑞典克朗的额外保障养老金。总共 8345 瑞典克朗（935 欧元）。注：税前。"

有人会想，犯不上为此丢掉头衔，但国王收获了一位意想不到的盟友。当时的在野党，社会民主党主席宣布了他改革养老金体系的意图，认为现有体系已无法保证越来越多的瑞典人享有足够的养老金了。如果这位负责人没有公开表示他想废除君主制的话，那就几乎完美了。好在没人上当。左翼党尽管原则上一直要求取消君主制，其实没有人愿意为此投入精力。

三分之二的瑞典人表示支持国王在 65 岁后继续掌权。好心的国王也明确说了，他不要求任何养老金，还会如以往一样继续工作。谁说做个瑞典人很容易……

王后呢？瑞典的王后西尔维娅是德裔巴西混血儿，她被敦促展开对其父亲的纳粹历史的调查。1990 年去世的瓦尔特·佐默拉特，于 1934 年加入了纳粹党。趁着工业雅利安化[①]，他于 1939 年买下一个犹太工程师的工厂。

① 雅利安化是纳粹上台后实施的一项重要的反犹政策，简单来说，就是把犹太人的私有财产国有化。

多年来，王后一直没有质疑过父亲，也没有谴责纳粹主义，这不仅影响了她自身的声誉，也损害了已有污点的瑞典君主制，因为瑞典现任国王的祖父古斯塔夫五世同情纳粹。

所以，女王储维多利亚自然被寄予厚望，公众期待她能洗清父母的罪孽。2010 年 6 月维多利亚公主结婚时，斯德哥尔摩张灯结彩，全国戒严，举国欢腾，是 10 年来最大的盛事。公主的丈夫丹尼尔·韦斯特林是一个平民百姓，也是一家连锁健身俱乐部的老板。王室记者曾暗示，丹尼尔在王室内部可能会不受欢迎，但维多利亚坚持自己的意愿。

在进教堂的顺序上，女权主义者和传统派发生了论争：维多利亚要么如自己所愿挽着父亲的手臂，要么按瑞典路德教传统，挽着未婚夫的手臂，它解放了女性，希望两个独立的人立于牧师面前。这个残酷的两难抉择使专家们的意见四分五裂（维多利亚挽着父亲入场时，丹尼尔则站在未来的小舅子身边）。

这是一个非常美好的故事。瑞典人松了一口气。他们热爱这个坚强朴实的年轻女子，尽管他们的社会民主党背景告诉他们她跟其他瑞典姑娘一样，不能自由地选择自己的命运，尽管这是反民主的，不公正的。王储夫妇受人爱戴，从不做任何招惹是非的事，他们非常清楚，对高度平等的瑞典来说，王室首脑要被认可，就不能发表自己的意见，而要满足于出席剪彩活动，利用王室的光芒，率领商人代表团去签署关于冰箱和武器的合同。

2014 年至 2018 年的社会民主党经济部部长米卡埃尔·丹贝里曾两次陪同国王出访法国和立陶宛。我与他见面，是想写一篇关于国王在瑞典企业打开大门这件事上起到的作用和影响的文章。事实上，是政府决定让国王参与国事访问的，国王必须听从，他要明白自己的身份及别人对他的期待。这有点像国王进入了活动机构的名录，对建立长期关系非常实用。

还是丹贝里，他在自己负责社会民主青年党时，宣称君主制已经过时。“许多瑞典人和我一样，原则上是共和主义者，出于实用主义而接受了君主制，因为我们看到了国王所做的外交工作。我们与议会达成协议，允许王室存在，但国王没有实权。国王必须明白自己的角色和位置。”

国王明白自己的位置。国王了解自己的朋友。

他罕见地在一个领域还保留着权力：可以授予勋章。勋章与法令不同，不受法律约束。十二级国王陛下勋章（配有不同绶带和链条）自 1973 年开始颁发，至今已颁发超过 500 枚，其中近三分之一颁给了商业领袖——瑞典最大的群体。

贵族和商人还会在深受欢迎的狩猎聚会上进行社交。每年秋天，国王都会发出驼鹿狩猎的邀请，在贵族与商人中挑选狩猎伙伴，前提是后者必须加入 H.M. 国王狩猎俱乐部，这是国王的狩猎协会，名单很长，有 200 人，成员全是男性。

国事访问期间，国王会举办宴会，商人们纷纷出席。无论是出售战斗机、电信业务许可证还是冰箱，国王都毫不推诿。作为回报，王室会收到商人们的回礼，向国王慈善基金会捐款几百万瑞典克朗。

每隔十年，当国王、王后和王储维多利亚公主庆祝十年庆典时，商界总会有重量级人物会捐赠几百万瑞典克朗，设立一个新的慈善基金或研究基金，以此作为礼物。这些基金董事会里既有王室代表又有企业负责人。

难道真的要指望君主制来拯救瑞典文学院，恢复王国声誉？难道真的只剩下这个办法了吗？

2018 年春，当院士们弃船时，目光和话筒没有更好的选择，纷纷转向了王室。宫廷回应说，国王已获悉。

人们很担心他的反应。宫廷避而不谈。没有任何消息泄露。

国王已获悉。这等于什么也没说。

怎么救文学院？必须改变章程。谁能做到？国王。国王吗？那个沉迷于打猎、赛车和“咖啡店女郎”的国王？就没有其他国王了吗？

停下讥讽吧，在诺贝尔危机最严重的时候，人们更愿意看到国王的另一面。但愿他的巧克力王冠突然变成霞光万缕的金冠。

2014 年，社会民主党外交部部长称，沙特阿拉伯判博主拉伊夫·巴达维鞭刑是中世纪行为，斯德哥尔摩与利雅得之间因此爆发冲突。沙特认为瑞典侮辱伊斯兰教，而瑞典决定不再延续与沙特王国的军事合作协议。瑞典国王必须主动给沙特国王写信才能平息这场争端。所以，国王的作用是什么？写信给另一位君主。

亚洲海啸导致瑞典 543 人死亡、1500 人受伤，暴露了瑞典政府应对能力不足的问题。几周以后，风暴席卷瑞典南部，整个国家都人心惶惶。慈祥的国王已然成为一位真正的国务活动家。他去慰问受灾的护林员时，当真温暖。他向在海啸中失去父母的孩子伸出手，坦承自己从小也失去了父亲。最重要的是，当他鼓励遭受海啸重创的国民勇于表达自己的感情时，舌头毫不打战；当他提醒大家，承担责任很重要，这其实是在暗中批评政府。有些人认为这已违反了宪法。可瑞典人对此深表赞赏。

# 11

# 对瑞典来说太大了

别告诉球星兹拉坦——他太骄傲太敏感了——但不管别人怎么说，让瑞典在世界舞台上崭露头角的并不是他。几十年来，是诺贝尔让这个国家在全球议程上绽放光彩，（衷心祈祷）在未来的几十年里，诺贝尔还能继续让它辉煌。

负责向世界推广瑞典的瑞典文学院在宣传册中介绍："即便从未读过瑞典作家作品的人，至少也知道我们的一项文学荣誉，那就是由瑞典文学院颁发的诺贝尔文学奖。"

诺贝尔基金会负责人对品牌的名誉遭受损害感到恐慌，他深知："瑞典人很清楚问题出在瑞典文学院，但在国际层面，人们只知道是'诺贝尔奖学院'，分不清二者之间的区别，因此诺贝尔奖的形象在国际上受到的负面影响比在瑞典还大。"

然而，在此危机时期，这个问题被提了出来：瑞典当真配得上诺贝尔奖吗？没有诺贝尔奖的瑞典还是瑞典吗？对这个小小的国家来说，这个在其所涵盖的领域内最负盛名的著名奖项，会不会变得过于巨大了呢？

阿尔弗雷德·诺贝尔从未组建过家庭，他的最终遗嘱于1895年秋天由巴黎的瑞典人社群起草。这笔捐赠是个天文数字。他的遗嘱被公开时，无异于一颗重磅炸弹，造成了极大的影响，因为3100万瑞典克朗的数目在当时是巨大的，按当时的购买力，约合今天的15亿欧元。

诺贝尔明确指出，这笔钱要交给一个基金会，并规定了由谁颁发奖项：挪威议会负责和平奖，斯德哥尔摩的卡罗林斯卡医学院负责生理学或医学奖，瑞典科学院负责物理奖和化学奖，最后由斯德哥尔摩的学院负责文学奖，只说了“文学院”……

但是斯德哥尔摩有两所文学院。瑞典文学院和瑞典皇家文学院。皇家文学院只有研究人员，没有作家，瑞典文学院的职能是管理瑞典语，而拉丁语、希腊语等其他语言都由皇家文学院负责。认为世界文学更应该由皇家文学院管理，这并不荒谬。斯特芬·法兰·李觉得瑞典文学院之所以获胜是因为它多了一点光环。

1897年这个冬天，阿尔弗雷德·诺贝尔的遗嘱执行人找到瑞典文学院，但事情并不顺利。

只有挪威议会迅速作出回应，其他人第一时间都持怀疑态度。瑞典文学院内部产生了分歧，在此之前，它更多是向瑞典的贫困诗人提供奖金，对国际文学领域并不熟悉，院士们对这项艰巨任务感到不知所措。会出丑！会被世界嘲笑！文学院要冒这个风险，转型为世界文学的法庭吗？它真的愿意暴露在一定会随任务而来的烦恼、压力、欲望、不快和中伤当中吗？

尤其是现下的文学院自身只不过是一个影子。

古斯塔夫三世依据法国模式创建了它，为的是保证其创作能在经济上独立。他委托瑞典官方报纸《国内邮报》负责出版，以确保其收入稳定。这份与国家事务密切相关的报纸对瑞典的舆论有着很大的影响，它通过颁奖和写作竞赛，把作家聚拢到旗下。独立的图书市场开始发展之后，作家也不用再依靠那 18 名院士。到 19 世纪末，瑞典兴起民众运动，涉及工会、禁酒协会和自由教会，文学院陷入了绝境。

正在此时，诺贝尔遗嘱执行人叩响了文学院的大门。

打开此门的是卡尔·戴维·阿夫·维尔森，他远早于恩达尔担任常务秘书，尽管其他院士对此感到非常不安。

1879 年，37 岁的卡尔·戴维·阿夫·维尔森进入文学院任第 8 席院士。和霍勒斯·恩达尔一样，他也是军官之子。4 年后，他当选常务秘书（恩达尔速度比他快：只用了 2 年）。他是一个封闭的俱乐部——“无名协会”的成员，而恩达尔拥有《危机》杂志。众所周知，他是位笔锋犀利的批评家，和恩达尔一样，让人难以忍受。面对外界的攻击时，霍勒斯·恩达尔似乎更加淡然：成为瑞典最不受欢迎的人反而令他兴奋。当阿尔弗雷德·诺贝尔的遗嘱执行人朗纳·索尔曼出现时，维尔森看出这涉及一大笔钱，能满足像他这种人的野心，尤其是因为他极其喜欢争论。

维尔森呼吁未来几代院士共同见证：文学院如果出于安逸，选择放弃能影响世界文坛的重要机会，这不是很奇怪吗？维尔森以 12 票的优势赢得了这场战斗。

在当前的危机中，有些人想知道，功能完备的皇家文学院是否无法适时顶替倒霉的瑞典文学院。该学院秘书对媒体欣然表示，文学院早已改革章程，以适应现代化，他们已经做好了接受挑战的准备。

几个月以来，瑞典文学院与基金会一直僵持不下，都不想失去面子和特权。基金会非常看重诺贝尔品牌的声誉，要求重新成立一个完全独立的诺贝尔委员会来颁发文学奖。瑞典文学院奋力反抗，拒绝屈服。

他们希望提名 4 位新院士，填补春天产生的那 4 个空缺。然而压力太大，只能让步。新的诺贝尔委员会成立，由 5 名院士和 5 名外部专家组成。任务是：提名 2018 年诺贝尔文学奖的候选人，以及 2019 年和 2020 年的候选人。终于迈出了一步。

经过激烈谈判，人们得知，文学院成员最终一致认为卡塔琳娜·弗罗斯滕松无法继续留任。她离开的条件仍有待安排。2 名新院士将很快被任命，文学院运作所需的 12 人凑够了。

其中一人将担任第 1 席院士，这个位置历来由法律人士担任。此人正是埃里克· M. 鲁内松，在危机最严重时介入的调停者，恩达尔派怀疑他是国王与诺贝尔基金会的人。“地堡帮不得不投降，厅堂里的成年人赢了。”一位社论作者轻声说。

安德斯·奥尔松离开后，萨拉·达尼乌斯担任文学院的领导者。他后来承认：文学院当时确已处于全面崩溃的边缘。弗罗斯滕松的情况阻碍了一切，连她的支持者最终也妥协了。

与此同时，几位作家、文学评论家和一位翻译家也加入了“圣杯厅”这个特别委员会。有时，像黎贝卡·谢德这样的人会有点惊讶。27 岁的她几个月前获得了瑞典文学院颁发的 1 万欧元评论奖奖金。“我不知道自己这是嫁给了王子还是得到了一份王室马厩的差事。”她在发表获奖感言时说。

作家克里斯托弗·莱安多尔毫不犹豫地接受了使命，他指出：“诺贝尔文学奖让文学一年一度被全世界看到，包括那些平时不关注文学的人。”

终于迈出了一步。但对2011年起任诺贝尔基金会主席的拉斯·海肯斯滕来说，这还不够。他写道，现在断言2019年能颁出诺贝尔文学奖还为时尚早，好在有其他奖项的获得者，文学奖的缺席不至于产生巨大的空白。

达摩克利斯之剑仍然高悬着。

# 12

# 与诺贝尔奖相关的小谋杀

“想知道谁获得了诺贝尔文学奖吗？”

莫里茨·亚当松身体前倾地看着她。他们刚在城堡餐厅用过晚餐，现在坐在酒吧绿色的皮面扶手椅里，喝着今晚的第一杯啤酒。海伦娜·沃勒后仰着，说：“什么意思？你不可能现在就知道。”

“当然可以。瑞典文学院已经评出了。他们通常夏天一过就作出决定，只不过到10月才宣布罢了。”

“那倒是，但……你不是院士吧？”

她打量着他。莫里茨·亚当松是汉斯维克斯滕基金会主席，刚在西约特兰平原的这座城堡中结束了两天会期的首日。

她也是基金会成员，和莫里茨之间还有些共同点。一年多前，她也开始悄悄写自己的发言稿。两人都注意不在会议期间提到此事。

“我不是瑞典文学院的成员。”莫里茨刻意停顿了一下，“但我的妻子是啊，这你想必是知道的吧？”

海伦娜笑了。“你是说她把得奖消息透露给你了？抱歉，我很难相信，尤其是在那么多风言风语之后，大家都在传是文学院内部泄的密。”

人们最终会信的。

这段文字其实来自事件发生的3年前。2014年克里斯蒂娜·阿佩尔奎斯特出版的侦探小说《记住我是天使》，讲述文学研究员、乔伊丝·卡萝尔·奥茨研究专家海伦娜的故事。如果女主人公告诉小报，某位女院士向丈夫透露了得主姓名，而他又透露给了自己，那么，此人的职业生涯将会结束。故事中的这种情节和对话很容易让人联想到让－克洛德·阿尔诺和卡塔琳娜·弗罗斯滕松。

“我妻子不会随意向其他人员透露秘密的。她告诉了我，因为我是她丈夫，这没什么奇怪的。瑞典文学院人人都这么干。”

我们还进一步发现，莫里茨与他的院士妻子之所以维持婚姻关系，是因为他想从这个职位及其附带的好处中获益。

在这本书的后面几十页，我们看到诺贝尔基金会的

2 位成员在媒体上互相诋毁，虽然是关于君主制的，但性质是一样的。

克里斯蒂娜构思这部侦探小说时，头脑中有三个想法：致敬凯伦·布里克森，披露诺贝尔文学奖的泄密事件，谈及代笔的世界。

哈罗德·品特在 2005 年获诺贝尔文学奖时，文学院常务秘书霍勒斯·恩达尔的妻子埃芭·维特－布拉特斯特伦被一名记者问到谁会得奖。她笑着以“哈利·波特”搪塞过去。几小时后，哈罗德·品特的名字被公布。原来是文字游戏。记者事后说，他本该猜到的。对克里斯蒂娜来说，这首先意味着有一位院士的配偶知道了，然后才出现了泄密。事件爆发后，公众都明白了，知情人往往是夫妻和那些写新闻稿的人。勒克莱齐奥获奖时，他的代号“夏多布里昂”在博彩网站热度蹿升，结果博彩网站禁止对其名字下注。勒克莱齐奥那次，阿尔诺逃过了嫌疑，但并不是没有别人。

克里斯蒂娜的小说于 2014 年问世时，曾有批评家指出，招惹文学院不是十分明智的选择。这样的情节太不切实际了！克里斯蒂娜当时或许认为是对的，现如今，她肯定偷着乐了。2018 年的诺贝尔事件爆发时，她掐了掐自己，想看看是不是梦回书中了。情节几乎一模一样，只差 MeToo 运动。她在脸书（Facebook）[①] 账号上发布了书的截图。就像她书中的一个人物在遗憾凯伦·布里克森没有获奖时所说的那样："诺贝尔文学奖是由一群平庸的作家和研究者颁发的，他们选择了一名同样平庸的得主，并坚信自己找到了天才。"

克里斯蒂娜事后觉得，自己还是太温和了。震惊之余，她反思这个故事当年之所以没在瑞典引起如当下般的轰动，正是因为它太不瑞典了。她断言，瑞典人对自己的机构充满信心，除非出现反例。

克里斯蒂娜不是一个人。诺贝尔文学奖这一素材启发了其他侦探作家。诺贝尔文学奖到处遭妒，其他奖项也同样。对作家来说，这是一个难以抗拒的资源。

诺贝尔文学奖在侦探小说家中最受欢迎。与此同时，为纪念阿尔弗雷德·诺贝尔的经济学奖（不属于原始的诺贝尔奖系列）到目前为止还未引起任何人的兴趣，而科学类的诺贝尔奖则更多激励了外国作家的创作。

诺贝尔奖成了流行文学中非常好用的符号，它突出了人物非凡和不同寻常的一面，也代表着高雅文化，与

① 脸书（Facebook），国外的一个社交网络服务网站。

我们想象的侦探小说世界相反。有作者就此展开调查后，认为它很有用，因为即使是侦探小说的读者也对高雅文化着迷，诺贝尔奖背后隐藏着不少动机，如声望、金钱和角逐，这些都是侦探小说中的关键因素。

有的侦探小说，写的是得奖者的作品是如何由别人操刀的。

对诺贝尔奖感兴趣的侦探小说，有时也描写一些为达目的而进行欺骗的人，由此展开对高雅文化及其追随者的微妙批评。人们将其视为对不正当得奖的一种报复。诺贝尔奖作为一个机构却从未遭受过批评，也从未有人质疑瑞典是否有资格颁发此类奖项。

马丁·奥尔恰克在《学院谋杀案》中安排院士们一个接一个地被谋杀。从瑞典文学院的常务秘书开始，他被一把老式火药枪射杀。封面上的斯特林堡剪影让读者立刻代入故事，由于当时常务秘书维尔森的反对，斯特林堡从未获得过诺贝尔文学奖。

米凯尔·莫蒂默的《处女石》从讲述诺贝尔晚宴开始，莉莎·马克隆德的《诺贝尔遗嘱》也同样，一个丢了鞋子的女杀手当着所有宾客的面杀死了卡罗林斯卡医学院的女主席，伤了以色列的诺贝尔生理学或医学奖得主。本特·瑟德贝里在《诺贝尔奖刺客？》中把舞台搬到意大利的小村庄坎波莫罗内，一位美国诗人和一位意大利小说家，都是诺贝尔文学奖的候选人，却在大奖揭晓前几天突然消失。

欧文·华莱斯在小说《大奖》(电影由保罗·纽曼主演)中讲述一位诺贝尔文学奖得主来斯德哥尔摩领奖，却被卷入间谍案的故事。

卡琳·阿尔特根在《黑影》中叙写了诺贝尔文学奖对诺奖得主周围人的影响，家庭秘密层层浮现。人们在书中看到诺贝尔文学奖得主阿凯塞尔·拉格纳菲尔德在养老院沉默潦倒的生活，回忆、使他成名的谎言和担心秘密曝光的恐惧折磨着他。他的妻子曾一度相信自己也可以成为一位名作家，后来却屈从于这个伟大男人的荣耀之下。多米诺骨牌效应同样作用于其他家庭成员、友谊和下一代，一切都会重演，从秘密到悲剧。缓慢地腐烂，没有人能够逃脱。

比约恩·伦格执导的电影《妻子》与这本书的情节十分相似，影片的灵感来自美国女作家梅格·沃利策尔的同名小说。乔·卡斯尔曼获得了诺贝尔文学奖，而他妻子才是背后真正的作者。

从虚构回到现实。

2018 年 11 月的一个周一。斯德哥尔摩南马尔姆岛中心玛丽亚广场一座建筑发生爆炸，人们很快得知该建筑属于瑞典文学院。机构的几位高级管理人员住在那里。第一声警报于凌晨 3 点 27 分发出。门口大厅的楼梯间有所损坏。人们发现，某位院士的儿子住在这里，后者又把公寓转租给别人，事发后合同被终止了。霍勒斯·恩达尔和埃芭·维特－布拉特斯特伦的一个儿子也住在这里。

常务秘书安德斯·奥尔松对诸多猜测作出回应：“据我所知，文学院并未受到威胁。”

# 13
# 温特科的警察

2018 年 11 月 12 日星期一，当天上午 9 点 30 分，斯德哥尔摩法院同时开始了 10 个案件的审理。

9 点 37 分，15 号厅的大门向旁听阿尔诺案的人们打开。实际上，几乎是清一色的记者，总共有二十几人。入口处没有设检查处。被告戴着手铐，一小时前乘坐的汽车照例停在 10 号门的入口处，是监狱管理部门提供的沃尔沃 V50 柴油车。显然，没有人担心会发生劫走“巨大错误”的突击行动。

让 - 克洛德·阿尔诺因强奸罪受审，目前在大厅公告名单上排第四。

2 号厅的第五个被告是种族灭绝主义者巴塔罗，一个在瑞典生活了二十来年的卢旺达人，一审被判处终身监禁。我原本没打算关注他的案件，但未来 6 个月里我也旁听了对他的审理，大多时候我是那里唯一的记者，身边是一对瑞典老夫妇，他们前来支持被告。丈夫是瑞典传教士的儿子，曾在非洲特别是卢旺达和刚果工作。他们告诉我，他们和刚果的妇科医生德尼·穆奎格非常熟，他帮助过很多女性，几周后就要来领诺贝尔和平奖。世上的事有时就是这么凑巧。

我感觉阿尔诺案的旁听者里没有人支持他。

对巴塔罗来说，强奸指控就像微不足道的轶事。而且，由于缺乏证据，法庭也没有过多关注这方面的事情。卢旺达西南部的温特科区、尼亚坎因亚的教堂和学校以及米比利兹修道院都发生了多起袭击事件，这些都有足够的证据。在上述案件中，这位温特科区的前警察全部参与在内。煽动，唆使。谋杀和谋杀未遂。

这些袭击导致数百人丧生。

辩方以合谋为其辩护。巴塔罗将成为基加利政权策划阴谋的牺牲品，因为他举证指控一名卢旺达人受卢旺达政权指使，对逃难到瑞典的同胞进行间谍活动。这名间谍被判有罪，然后被驱逐出境。

巴塔罗的辩护律师是瑞典社会民主党司法部的前部长，他请来心理专家作证，质疑辩方和控方传唤的证人的可信度。

阿尔诺的律师将使用同一招数。在他的案件中，大多数起诉最终被驳回。过了诉讼时效，证据不足，几乎所有涉及性的案件总是如此。

2016年，瑞典警方收到了20300起性犯罪报告，其中只有三分之一被定罪为强奸。被判强奸罪的人数量相对稳定，40年来基本保持在每年200人，近年来有所增加。每100起报案中只有一起能被定罪。那么未报告的性侵犯案又有多少？一起被定性的犯罪背后有多少份性侵犯报告？200还是300？

瑞典的性犯罪概念更为宽泛，这在很大程度上解释了为什么瑞典是世界上强奸案发生最多的国家。喜欢抨击瑞典的人爱拿这个说事，草草把它归咎于瑞典爱心泛滥的“移民”政策。

2005年，性犯罪法律被修改，扩大了可定为强奸的范围，比如婚内强奸，甚至包括不使用暴力与儿童发生性关系。此外，在瑞典，所有事件都会被如数记录。“如果我丈夫一年强奸我52次，相比于其他国家按一次报案来记录，瑞典的统计资料上会显示52起案件。”犯罪预防委员会的一位女专家解释。

那么强奸犯都是移民吗？犯罪专家耶日·萨尔内基对此不置可否，只是指出在警方处理的强奸案件中，移民的比例确实过高。值得注意的是，暴力受害人往往报告那些由移民犯下的案件，因为警方更倾向于调查涉及外籍嫌疑人的事件，并把它移交给检察官。

让-克洛德·阿尔诺坐在两名律师中间，面容干瘪，宽大的黑框眼镜，浅褐色的V领套头衫，天蓝色衬衣，双手放在桌下，花白的头发被梳向后方，但有一小缕搭在前额，好像猪尾巴。

11月14日星期三。他的妻子卡塔琳娜·弗罗斯滕松于上午9点左右抵达斯德哥尔摩法院。她与丈夫的律师同行，这名律师曾为朱利安·阿桑奇[①]辩护。他不发一言。

让-克洛德·阿尔诺在诉苦："我感觉很糟，整个人生被从未做过的事情毁了。我不知说什么好。"

上诉程序结束后，阿尔诺被关押在拘留所，等待判决，这可能意味着法庭倾向于判处监禁，要么因第一项强奸罪判处两年徒刑，要么因第二项强奸罪再加重刑罚。

同一个周三，巴黎也在等待法国前国务秘书特隆案的判决，检察长把他比作吸受害者血的德古拉伯爵。特隆因强奸两名女性前雇员被判6年监禁。判决结果要等

① 朱利安·阿桑奇（1971— ），"维基解密"创始人，被称为"黑客罗宾汉"，曾曝光关于阿富汗战争和伊拉克战争的海量秘密文件，在瑞典也曾受强奸指控。

到周四才宣布，距离报案的2011年5月已经过去7年多了。

文学院危机在一年前爆发，几乎一天变一个样。结论是什么？瑞典文学院幸存了下来。就目前而言。那些赌它会全线崩溃、熬不过夏天、会被国王或圣灵解散的人都输了。卡塔琳娜·弗罗斯滕松还在。霍勒斯·恩达尔也好好的。

当然，文学院仍处于混乱中。恩达尔和国王之间的对峙还在继续。卡塔琳娜·弗罗斯滕松的问题尚未解决，她仍可能翻盘。又有一位女院士在加入文学院仅一年后就要求退出，但两名新成员已然公布。与春天的预测相反。谁会愿意加入一个如此腐朽的社团呢？当时人们便预测瑞典文学院将会消失。当然，候选人并不缺乏，关键在于如何向公众讲述故事。甚至可以断言，在这种情况下颁发诺贝尔文学奖，获奖作家恐怕也不会拒绝。人们总能找到办法让事情变得完全可以接受。

然而2018年的这个秋天，无论是文学院还是瑞典政府，双方都在困境下两面讨好。文学院还有可能陷入最糟的境地。而瑞典在大选两个多月后仍在组建政府，丝毫未见解决方案。历史性事件：上一任社会民主党的首相候选人被议会拒绝，极右翼从中作梗，试图通过谈判争取其支持，这在瑞典历史上还是第一次。

腐朽的秋天。

阿尔诺会被无罪释放吗？

乔治·特隆否认指控，认为前雇员的不满情绪被他的极右翼对手利用了。在审判长看来，特隆对女下属滥用权力，之后又试图将单纯的性犯罪案件政治化。

我在阿桑奇事件之后也有过类似的印象。朱利安·阿桑奇涉嫌在 2010 年 8 月对两名瑞典女性进行性侵。在瑞典司法的追捕下，他以瑞典法官与中央情报局联合制造阴谋为由，把“维基解密”拖在身后，突然把瑞典变成了一个香蕉共和国，而几周前他还想提交居留许可申请，因为他认为唯有这个斯堪的纳维亚国家才能确保“维基解密”的安全。奇怪的是，斯堪的纳维亚的香蕉长势如此之快。这也许是全球变暖造成的。

11 月 16 日这一天，判决一锤定音。因无法提供相应的证据，特隆被无罪释放。

12 月初，阿尔诺案也宣判了：获刑两年半，比一审还多六个月。他的律师立刻表示要向最高法院上诉，尽管机会渺茫。律师提到阿尔诺面临“仇恨海啸”，他及家人受到威胁，一些证人害怕前来为他的委托人出庭作证。

巴塔罗案的律师则声称，这一案件中有些奇怪的地方，证人有时反而会因为害怕被报复而指证委托人。

卡塔琳娜·弗罗斯滕松要求瑞典文学院就她和丈夫所受到的对待进行道歉。她打出种族主义的旗号，声称丈夫遭此待遇是因为有些人的仇外心理。

上诉判决加重，有人喜有人忧。曾声援霍勒斯·恩达尔的女作家莱娜·安德松表示震惊，她谴责道：法院只知道孤立地看待每次案件，缺乏整体眼光，就我们所知，女受害者第一次被强奸后（我们当然知道，她给“被强奸”加了引号），再次遇到阿尔诺时又躺到他身边，于是遭受了第二次强奸。

瑞典的司法就是这样。只看事实，脱离环境。我对2003年遇刺的社会民主党外交部女部长安娜·林德的刺杀案审理也相当吃惊。凶手米亚伊洛·米亚伊洛维奇声称，在看到这个女人后，他听到了命令自己去刺杀她的声音。

那瑞典司法对什么感兴趣呢？在技术上将犯罪现场与凶手联系起来，而犯罪背景是次要的，甚至是无关紧要的。在安娜·林德遇刺案中，法庭研究了米亚伊洛·米亚伊洛维奇行凶当天的路线、他使用的刀、血迹和其他证据，但对其政治报复背景只字未提，这位塞尔维亚青年的成长环境里充满了对瑞典的仇恨。1999 年，安娜·林德曾代表瑞典公开表示，支持北约对贝尔格莱德的轰炸行为。

审判过后很久，米亚伊洛维奇在采访中承认，他从未听到过什么声音，那是审理前和审理中他假装的。他承认一切都是编造的，不过是自己在使诈。他最后被判处终身监禁，如今已在精神病院住了几年。

首相奥洛夫·帕尔梅遇刺案仍旧未结，有 100 多名嫌疑人认罪。警方内部的小组仍在继续调查，处理每周陆续收到的举报。

瑞典撤销了对阿桑奇的指控，声称这在当时情形下已失去意义，但不等于洗清了他的强奸嫌疑。2019 年 4 月 11 日，朱利安·阿桑奇在厄瓜多尔驻英国大使馆被捕。

2019 年 4 月 29 日，斯德哥尔摩法院对种族灭绝主义者巴塔罗的某些重要指控免予起诉，但确认了他的终身监禁判决。

2019 年春天，让 – 克洛德·阿尔诺的最新状况：被关在牢房里。

# 14
# 应许之地

在前往法国北部大桑特镇参加宣言节的路上，让我们回顾一下萨米人及其为了民族生存而在北欧所进行的斗争。尽管他们表现出对北欧的喜爱，但仍然被压得喘不过气来。我沉浸在约瑟夫·凯塞尔于1926年至1961年间出版的关于以色列的报告文集中。以色列是一片爱与火的土地。凯塞尔家族历史悠久，我父亲耐心收集了他的原版全集，保存在法国南部的家中。父亲有时会在我身上看到凯塞尔的影子——狡猾地把投给多家媒体的一篇文章变成一部纪录片，那为什么不写本书呢？

所以，1926年凯塞尔在谈到巴勒斯坦时说："哪个国家能背负如此沉重的梦想而不背叛它？那是一种近乎神圣的传统。"凯塞尔指的是什么？耶路撒冷？斯德哥尔摩？

不管怎么说，瑞典难道不是全世界进步人士的应许之地吗？明年斯德哥尔摩见！

1833 年阿尔弗雷德·诺贝尔出生时，瑞典是欧洲最贫穷的国家之一，斯德哥尔摩是最肮脏的城市之一。这是苦难。

1867 年发生饥荒，人们开始移民去美洲，不是个别冒险家，而是大规模的移民。迫不得已的移民，有三分之一的人口在几十年内迁出。不少人是为了逃避贫苦，其他人则是为了躲开官方教会的高压控制。到 1896 年诺贝尔去世时，与他童年时代的那个国家相比，瑞典已有所进步，但距离二战后的真正腾飞还有很长的路要走。1901 年第一届诺贝尔奖颁发时，工业化才刚刚开始，瑞典依旧贫穷，不是福利国家，无民主可言，议会制刚实行不久，但妇女没有选举权，投票权是按财富分配的。

还不是应许之地。

1992 年夏，为了与我的瑞典姑娘重逢，我第一次踏上斯堪的纳维亚半岛。当时是乘坐火车，从蒙彼利埃到斯德哥尔摩，然后返回。我往返了多次。当时飞机比火车贵，而且需要护照，但我金发碧眼，每次列车在瑞典南部渡口卸客时，我都没有被检查，与已经持有瑞典护照的巴勒斯坦难民待遇不同。凯塞尔的子孙或许也遇到过类似的事。应许之地，或多或少都许诺了。

在《北欧秘密》一书中，丹麦作家兼哲学家莱娜·蕾切尔·安德森与瑞典企业家托马斯·比约克曼共同追溯了瑞典的奇迹。

19 世纪初，瑞典极度贫穷，但国民识字率却世界领先。这得益于路德教会从 17 世纪下半叶起对信徒的铁腕控制。《路德小教理》是牧师团体用来维系上帝、国王与臣民之间关系的有力工具。牧师要确保所有瑞典人都明白自身所肩负的期待，知晓要无条件地服从路德宗信条，服从国王（完全的宗教自由以及脱离路德教宗信仰的权利，要到 1952 年才在瑞典出现）。由此带来的社会压力是巨大的。在农庄，每人每年要接受一次有关《圣经》的阅读理解测试，答不上的成年人将不能领取圣餐。而不领圣餐就意味着不被承认，不被承认就不能结婚。

这些作者指出，瑞典人擅长阅读，思想却未获解放。

19 世纪的瑞典农民识字。他们读着《路德小教理》，有时也读《诗篇》，然后低头表示顺服。但与丹麦和挪威的农民不同，他们不是农奴，而是能读能写的王国的自由农民，在议会占有四分之一席位。

这种过早练习阅读的传统（尽管是强制性的）使瑞典成了现在的样子，受教育被视为公民义务，是对德国全民教育精神的传承。

这种趋势在 19 世纪初继续发展。在历经了 600 余年的存续和殖民统治后，瑞典刚刚将芬兰拱手让给了俄国。这是一场灾难。斯德哥尔摩消沉了。瑞典受到浪漫主义和民族主义的诱惑，哥特主义在此蓬勃发展。描绘昔日瑞典英雄的长篇、短篇、诗歌、歌曲和绘画层出不穷，维京神话也随之出现，这种19世纪的政治建构旨在超越北欧人的灵魂，追忆胜利的过往，警告邻居不要与斯堪的纳维亚人尤其是瑞典人作对，因为他们身上流淌着来自掠夺者和强奸犯的血液，他们是可怕战士，还是不要唤醒为妙。疲惫！从那时起，瑞典再没有发生过战争。警告看来已然奏效……

19世纪中叶，教会手段变得更加严厉，对违反圣书的惩处也愈加严重，贫困依旧严重，孤儿和穷人被送往最不需要国家支持的地方，也就是教会。虐待频繁发生，苦难吞噬一切，瑞典在19世纪中叶至一战爆发前这段时间经历了前所未有的移民浪潮。

移民的目的地大多是明尼苏达州——美国一个与加拿大接壤的中西部州。那里和瑞典一样，有许多湖泊，彼此十分相像，人口530万（瑞典人口1000万）。小说家维尔海姆·默贝里在《移民传奇》中便安排笔下的角色卡尔－奥斯卡和克里斯蒂娜居住在这里。明尼苏达的称号是：北极星。“文化名人”获得的那枚勋章就叫这个名字。明尼苏达被认为更进步，社会更民主，顶住了2016

年特朗普的压力。在特朗普当选三周前获诺贝尔文学奖的鲍勃·迪伦就来自这里。

当时，并非所有瑞典人都甘愿看见国家陷入蒙昧主义，就如那时最开明的日报《瑞典晚报》的主编奥古斯特·索尔曼一样。为了教育大众，他与其他人发起了民众高等教育运动。直至今日，该活动都非常活跃。一时间，工会、自由教会和政党都组织起颇受欢迎的学习圈子。

永远向前，高于他人，因为害怕被遗忘。瑞典人拥有某种地理隔绝情结（我 25 年前来到瑞典时，他们把去法国称作“去大陆”或“去欧洲”旅行）。而且，在某种程度上，他们因避开了两次世界大战而略显尴尬，于是便以现代化竞赛来补偿。

有什么能证明瑞典是应许之地？诋毁它的人和追捧它的人一样多。对 21 世纪 10 年代末在西方世界蓬勃发展的新右翼分子来说，瑞典是绝对的陪衬、颓废的化身、向移民开放闸门的国家，自从成为北欧梦幻国度后就失了灵魂，成为优等种族的摇篮，因为它的国民身材高大、金发碧眼。

同样是这些人，一代人驱逐一代人，传言说瑞典将在某个时期，在20世纪60年代，成为打破所有自杀纪录的国家，必须破坏这个敢在资本主义与社会主义之间倡导第三条道路的国家的形象。瑞典被描绘成德意志民主共和国的翻版，西方阵营中的红色第五纵队，表面上保持中立。

1960年，美国总统艾森豪威尔在芝加哥演讲时，将矛头直指社会民主主义国家瑞典和所谓的自杀人数世界纪录，并将其归结于国家对国民的过度援助。从广义上讲，这当然是不实的，艾森豪威尔两年后承认了自己的错误，但影响已经造成，瑞典自杀率高于国际平均水平。

他们所讨厌的地方集中在以下这些方面：永不放下警惕且争勇好胜的女权主义，具有相同特征的平等主义，有时招人烦的正确思维，训导至上的态度，就如最近反对全球气候变暖的年轻女神格蕾塔·通贝里，她成功获取了大批愤世嫉俗的怀疑论者的信任，却全然不知自己也正在受人操控。

瑞典的侦探作家们没有上当，他们打破神话，确保了自己的成功。

与法国一样，瑞典也是个传教国家。很多瑞典人认为，瑞典负有解决全球问题的特别义务。法国人传播

1789年革命和天赋人权，瑞典人贩卖北欧模式和社会民主主义，二者平分秋色。双方都制造武器，且不无成功。二者也都承诺武器只卖给那些不用它们来杀人的客户。

我花了很多年来学习瑞典语，并在不引人注意的情况下（金发碧眼是优势，只要不被人听出口音）明白了一个少有瑞典人敢于直说、却被他们深信不疑的真理：瑞典是世界上社会制度最成功的国家。一旦接受了这一点，你就能跟他们讨论任何事情，瑞典人会认真聆听（不像法国人，他们无论如何一定要打断你），但他们内心不会动摇分毫：自己的制度最优。法国人正努力说服欧洲伙伴朝财政与社会协调迈进，以打击不平等和倾销，却迎面撞上了一堵墙——瑞典人耐心聆听，不管对方讲多久，内心却想：为何要调整我们的制度，为何要向南欧和东欧国家看齐，这岂不是会拉低我们的水平？

幸亏，重新排名提醒了那些不知瑞典处于领先地位的人。根据声誉研究所2018年版的《国家声誉研究报告》，瑞典是全球声誉最好的国家。

在调查涉及的55个国家中，瑞典最为开放和进步，在“最具道德感的国家”中得分最高。在各项国际调查中，北欧始终属于世界上腐败程度最低的地区。他们的社会与经济政策，以及有利于性别平等或技术创新的举措，都由全民表决。现代化是瑞典人的执念，最大的侮辱无异于批评他们过时、守旧。现代性是瑞典王国意识形态的重要支柱，常与另一个流行词同时出现——“世界最优”，瑞典人的另一大执念（我初到瑞典的那几年，喜欢记录所有用到这个词的场合，但最终放弃了，我道歉……）。

这一切都脱胎于社会民主主义，它的统治在20世纪30年代到70年代都没有中断，并持续留下印记，即便在极右翼势力洗牌，轮换成常态的时候。

从丹麦的“弹性保障”（该模式的基本内容是雇用与解雇方便，理论上福利慷慨，被辞退后可马上接受继续教育，受惩处导致失业时可以在税务上得到很大的优惠）到他们所说的“安适”（与相爱的人共同享受美好的生活，一种与温暖、亲密的氛围相关联的幸福感），斯堪的纳维亚模式已成为对消费者和选民具有强大吸引力的武器。

雷恩政治学院北欧极点负责人尼古拉·埃斯卡指出，北欧国家是欲望和挫折的结晶，如同一面镜子，映照出我们的不确定性和矛盾。它们以自己的方式在想象的国度延续古老的法国传统，即启蒙思想赞颂的传统，异国情调的寓言转移了我们的视线，让这种传统变得更加辉煌，却少了一些哲学意味。

因此，在文学院危机最严重时，我们才会有此一问：国王完全没有政治权力，如何能指望他解决危机？这个完全失控的机构，守着200多年前的章程，在文化研究与生活上对瑞典这个在原则上如此透明与理性的现代化国家真的有影响力吗？

瑞典式的悖论……

瑞典是唯一保留封建委任制的欧洲国家，大农庄的产业仍旧会传给长子，现代继承法在这里无用武之地。这个制度保证了土地所有权的集中，而且意味着儿子有优先权，女儿的利益则会受损害，就像简·奥斯汀的小说中那样。

把文学院危机与瑞典贵族子弟的土地特权联系起来，这究竟想表达什么？一位专栏作家如此问。

在世界最现代化的国家中，这两种情况是矛盾的：国际层面上它历来被认为在世俗、现代与个人价值方面名列前茅，在创新与创意企业排名上也往往领先。瑞典只是超现代性与封建古老传统的独特结合体。

# 15
# 冬湾草坪下

我的理发师丹从1974年起就在斯德哥尔摩西南横跨格伦达尔区的一条街上经营店铺。我在这边住了15年，也一直在这儿办公。丹已到退休年龄，但他不愿意闲着。

自打我认识他，丹的穿着就没怎么变过，浅蓝色牛仔裤和白T恤。店里的两把椅子，他永远只用右边远离窗户的那把。椅子前的两面镜子之间有一张照片，上面是他的蓝色哈雷戴维森摩托车，停在鼎盛时的店铺前面。丹赞助了街区足球队，我儿子7岁时就在那里参加了他的首场比赛。20多年后，丹还总是问起我家小伙子的近况，还保留着一贯的称呼。

我和丹之间有些规矩。他管我叫法国佬，我每次进店都会问他给不给法国佬剪头发。他回答："反正手头也没别的活儿。"他每次都要问我脖子后面要剪成什么样，法国式还是英国式。我回答说英国式，这每次都会让他发笑，因为一个法国佬要剪英国式发型。我每次都假装恳求他不要向别人说起我会剪英国式发型。他就继续笑，然后才终于动手。

丹是再典型不过的瑞典人。他有自己的避暑小屋，经常和朋友在那里喝酒。他不喜政客，有时用语颇为形象。由于整条街的小商铺大多被土耳其人或阿拉伯人占据，像丹这种，一把年纪仍一头耀目金发的人总感觉有点……被团团包围了。他会这么比喻："最后一个举旗的瑞典人。"我今天问他，1974 年以来街区变化最大的是什么？他毫不犹豫地说是"人"。我从中认出了我熟悉的丹。我问："你是指移民吗？"他耸耸肩，手中的剪刀并未停下来。"喝拿铁的人。"他成功地引起了我的惊讶。"我刚来这里的时候，这里是个工人社区，生机勃勃。自从出租房屋改建成私人公寓后，工人就消失了。"

这种转变主要是在社会民主党的推动下发生的，这绝对可以证明，社会民主的这个实验室里有些怪事。他们会乔装前进吗？人们会错看他们吗？

当前，街区仍然保留着工人花园。出了丹的理发店，只需绕过我家所在的小山丘，再绕过夏日可游泳、冬日可溜冰的特雷坎腾湖，从贯穿瑞典南北的 E4 号公路桥下穿过，钻进一直绵延至梅拉伦湖的两座山丘之间的小山谷，就到花园了。这条又短又窄的山谷穿过两个工人花园。在这里，春天和夏天都是同一种享受。

理想的瑞典，民族学家奥克·道恩将其形容为一栋6层小屋。直到20世纪60年代，瑞典的城市才开始真正发展起来。在那之前，这个国度到处是乡村，人们的思想也是一样的。瑞典人往往会保留这种思想，即便已经迁入城市的楼房中。

走过第一个工人花园，继续向湖边前进，会路过第一家只在户外营业的社区咖啡馆。更远处，过了第二个工人花园，会突然来到一片广阔的草坪，它的一侧矗立着冬湾咖啡馆，绝美的砖石建筑，前身是硫酸工厂。这就是我想介绍的地方。草坪上的咖啡馆。

尽管第一缕阳光下到处都是喝拿铁的人，社区的工人遗产始终部分存在于这里，存在砖石中、草坪下。

稍微回顾一下。

1864年9月3日，140公斤硝化甘油在斯德哥尔摩西南的一栋房子中爆炸。人们从瓦砾中找到5具尸体，其中包括阿尔弗雷德·诺贝尔21岁的弟弟埃米尔。阿尔弗雷德的父亲也因此受伤。

阿尔弗雷德接手家族企业，并将其迁至冬湾。和他一样，越来越多的工厂搬离斯德哥尔摩，迁往人口更稀少的地区。

冬湾是明智之选，距市中心不远，位于湖边，便于水路运输，夹在山谷尽头，不但无人居住，而且山体可以减轻爆炸的影响。在最后一点上，或许阿尔弗雷德犯了错，他太乐观了。1868 年 6 月 11 日，在导致埃米尔死亡的那场事故发生后 3 年多，轮到冬湾发生爆炸。整个斯德哥尔摩都听到了爆炸声，死亡人数上升到 14 人。即使是直线距离 5 公里的老城区，窗户玻璃也被震碎了。

6 年后，工厂再次爆炸，12 人死亡，但这并没有阻止阿尔弗雷德继续在这个地方开发炸药并申请专利，直到 1921 年，他去世 25 年后，这个地方才被专门用作炸药生产地。在他之后，一家公司从含铅板岩中提取到了铀。奈特罗诺贝尔 AB 公司在该地区的业务一直延续至 20 世纪 80 年代。之后，斯德哥尔摩市接管了此地，于是喝拿铁的人来了。

直至今日，我们仍可以看到一些遗存，比如有掩体的建筑，竖着高高的烟囱，现在已经成为雕塑中心。还有这片草坪，春日的田园胜景，小山谷中的任何地方都很美，不管是这个湖还是那个湖。还有诺贝尔的美丽故事，当然要从悲剧开始，但正如瑞典一样，它知道如何自惨状崛起并予以摆脱，以攀上文明的顶峰。

那地下呢？地下当然是斯维科芬尼德山脉遗迹，180 万年前形成的古老山脉，由片麻岩、花岗岩和片麻花岗岩构成。的确如此。但最重要的是，亲爱的阿尔弗雷德·诺贝尔留给后代的垃圾实在太多了。

砷、铅、镉。冬湾是斯德哥尔摩污染最严重的十大区域之一，2011年排名第十。2017年，当我注意到该信息时，已经在8500个污染地点名单上排名第九。在省政府2017年10月的文件“是否有负责人”一栏中，答案为“无”。

所有的废料都被掩埋在地下，这片绝美的草坪创造了幻景。不过在梅拉伦湖岸边最好还是小心为妙。

如今，政府已投入数百万欧元来清理该区域，于2019年底完工。

此外，当局郑重提醒儿童不要把玩冬湾的泥土，也不要与湖岸过多接触。

冬湾之土，不要和应许之地混淆了。

我和克里斯蒂娜——之前提过的那位侦探小说家——通常会在我们共同的出版商海盗出版社组织的开胃酒会上见面，那是为反对传统出版商强加给作者的条款而成立的一家出版机构。它的名声大多要归功于扬·吉尤，一位成功的小说家和专栏作家，他经常上电视节目，其挑衅性广为人知。

父亲是法国人的扬·吉尤并不十分了解“文化名

人”。我们碰杯后他说：“像我们这些来自新闻圈的人，其实与他那种人没什么共同点。我们倒是乐于去了解，可对他们来说正相反，最好什么都不知道。”扬是那类想看看美丽的绿色草坪下面有什么的人。

扬是惊悚小说家和历史小说家，1973 年他和同事彼得·布拉特被判监禁六个月，因为通过线人的举报揭示了 IB 的存在。那是一个活跃于 1957 年至 20 世纪 70 年代的军事情报机构，机密到连议会都不知情，他因此事成了著名的调查记者。政治上，IB 只为社会民主党的利益服务，后者在 1932 年至 1976 年间连续执政。IB 的任务主要是查明所有共产主义者及共产主义同情者的身份，无论他们躲藏在哪里。根据一个调查委员会的报告，动用军队的不是社会民主党，恰恰相反：为了让共产主义者远离军火工业——这是美国提供高科技时给出的条件，雇主会求助于社会民主党，求助于国家首脑和他们强大的工会调解员，以便向军方提供情报。企业里有数百名调解员，那是最最忠诚的社会民主党战士，他们提供了有关“危险的劳动者”的信息。

当首相奥洛夫·帕尔梅在北越参加反美示威活动时，IB 的特工进入支持越南共产党的瑞典组织所在地，拍摄了捐赠者的档案，然后将其交给了中央情报局。

草坪的下面……

# 16

# 首相遇刺！

有人说，一切都是从那时开始的。1986年2月28日，23点21分。

两发子弹，.357马格南转轮手枪。瑞典社会民主党首相奥洛夫·帕尔梅面朝下倒地。他刚从电影院出来，没带保镖，和妻子一起步行回家。两发子弹。对他来说，一发就够了。第二发打伤了他的妻子。瑞典刚刚失去自己的纯真。对很多人来说，自从那该死的两声枪响后，瑞典就再没恢复过原样。

一个安详的国家变成了忧心忡忡的国家。

与过去的社会民主党领袖相比，奥洛夫·帕尔梅格外出众。

很少有政客能对他们所处的时代产生那么大的影响。奥洛夫·帕尔梅曾两次就任首相，1969年至1976

年，然后是 1982 年至 1986 年。他是充满激情的演说家，共产主义与资本主义之间第三条路的坚定拥护者，殖民主义的死敌，强烈反对南非的种族隔离、美国的对越战争——他曾与越共一起示威，支持巴勒斯坦人。他是忠实的共产主义者，同时也是非常传统的社会民主党人，他捍卫福利国家，第一个提倡男女平等，通过改革劳动市场来赋予工会更大的权重。那个时代的社会民主党非常激进，具有很强的攻击性。

他是瑞典的肯尼迪，出身上层中产阶级，被推举为工人运动领袖。对于心态如此平和的瑞典人来说，他有时或许过于耀眼了。但前辈们听他讲话都会落泪，因为他在讲话中永远把党和国家摆在第一位，不管反对者说什么，后者将视他为苏联间谍。

文学院事件发生在帕尔梅事件之后，原因也许在这里：在这场危机中，院士们忘了集体利益，他们为了个人利益和内讧牺牲了它。

斯特芬·法兰·李对我说，或许，我们变得更加以自我为中心了。如今我们很难进行集体思考。年轻人以前要学会过集体生活，遵守共同规则：主持会议，填写报告，组织投票。这曾被视为瑞典民主的坚实基础。政党、童子军、环保组织、划船俱乐部、不动产管理，到处都是这么运作的。瑞典人被教育要成为“社团的一员”。我们过去曾是最擅于此道的，斯特芬·法兰·李有点怀念地说。

不仅如此。从这个角度看，瑞典文学院甚至是第一个社会民主机构，因为自 1786 年建立时起，它便有大量身份为贵族的成员，但人们却只以“女士”“先生”相称。

然而对一些人来说，甚至在帕尔梅去世之前，一切就已经失去。这片著名的应许之地是一个在短期内发生巨变的国家。自我改革的能力，这甚至是瑞典式社会民主的重要方面之一。但代价是什么？帕尔梅本人不正是带领瑞典从社会民主主义走向社会自由主义的人吗？这是“贝克探长”系列侦探小说的作者之一马伊·舍瓦尔的观点。

斯德哥尔摩如今的样子深深地激怒了她。它现在已变为一台巨大的机器，混凝土和重压之下闷闷不乐的人比比皆是。金钱至上，一切都失去了人性。

舍瓦尔和她的伴侣瓦勒想揭露社会民主主义向资本主义和右翼的偏航。她说，奥洛夫·帕尔梅曾是社会民主主义模式在国外的绝佳推销者。但社会主义和资本主义根本不能混为一谈，这简直荒谬！

2018 年 4 月，当萨拉·达尼乌斯被迫辞职时，5 名研究员发表了一篇专栏文章，揭示瑞典股市 70% 的价值是由 15 个家族控制的。几周以前，另一份报告表明，即便在社会民主党政府的统治下，不平等现象仍在继续扩大。过去 30 年来，瑞典甚至是这种不平等扩大最严重的国家。

与社会民主党相关的强大工会联合会，据他们调查，50 名老板的平均工资相当于 55 个产业所有工人的工资之和。差距从未如此之大。瑞典，荒凉之地？

国家公务员的数量从 1980 年的 31 万人减少到 2015 年的 15.8 万人。20 世纪 90 年代金融市场的放开是爆炸性的，国家因此陷入了严重的经济危机。瑞典先于欧洲其他国家率先放开部分公共服务管制：电力、通信、铁路、邮政，结果好坏参半。

瑞典工业化后至 1980 年左右，社会民主主义福利政策和全民福利国家的发展有助于减少财富分配的不均。20 世纪 80 年代至今，右翼领导人推行自由经济和社会政策，这与社会民主党政府的举措如出一辙。

瑞典的声誉难道不是一个巨大的误解吗？

一位专栏作者指出，不稳定和不安全感正在增加，随之而来的是愤世嫉俗。他说，我自己也停下来数了数有多少同事和朋友疲惫地从编辑部消失了。最乐观的情况是，他们还会回来，但永远不会和原来一样了。这或许就是他们中不少人对文学院事件不满的原因。凭什么院士就是终身制的呢？他们也只是和其他人一样，是文化工作者或研究人员呀……

瑞典正在发生变化，非常迅速。它仍把自己装饰得漂漂亮亮的。这常常让法国羡慕。但它在蜕变。那它的价值观又怎会不跟着动摇呢？

这种病态的典型代表是：许斯比，一个以移民为主的贫困街区。2013 年春，一名 69 岁的移民因持刀令警察感到威胁而被开枪打死，这件事连夜引发了街区的骚动。被烧毁的汽车数量虽有限，却在瑞典范围内证明了社会上种族隔离的加剧。警方的干预非常粗暴，并被拍摄了下来。这些画面的播出，以及某些警察带有“猴子”“黑鬼”这类词语的辱骂，让不习惯于此类场景的瑞典人感到震惊。

然而病根越来越深。瑞典是世界上学校限制最松的那类国家。钱随着学生走，来自移民家庭的家长可以把孩子送入市中心的知名学校。像许斯比这样的街区正在失去学生，也即失去了金钱，这意味着进一步失去聘用教师的资金来源。这是一个恶性循环。剩下的人不得不承担更多的行政工作，花在学生身上的精力也就更少了。结果是，许斯比 50% 的初中生达不到进入高中继续学习的水平，失业率是首都其他地区的 2.5 倍，而且这里的居民还有一种被抛弃感，街区的大部分青少年中心因此关闭，不少公共服务机构大门紧锁，例如邮局和警察局。

我们距离斯堪的纳维亚福利国家的田园景象还很远。

其他信号却清晰可见，如此才有了 2018 年 11 月 21 日的宜家裁员通知。宜家是典型的瑞典品牌，店铺配色和其国旗一致，展示的价值观也与瑞典关于社会和环境责任的理念一致。

宜家并未在证券交易所上市，它与瑞典文学院一样，存在一定的不透明度，但这并没有妨碍其创始人——2018 年去世的税务移民英格瓦·坎普拉德在一个相当于瑞典总督那样的地位上受益。

坎普拉德凭借其商业天才发了大财，他拥有百科全书般的记忆力，能记住每个细节，产品、组件、价格，从整体战略到与宜家有关的数百次会议。

坎普拉德把税收优惠政策推到极致，在众多避税天堂创办复杂的基金会，成功隐藏了数十亿欧元，例如位于列支敦士登的因特罗格基金会，他曾试图否认这个基金会的存在。很少瑞典人能享受优惠，这是一个纳税观深入人心的国家，无论年景如何，公民与国家之间都互相信任，所以尽管面临挑战，瑞典社会仍能正常运转。

英格瓦·坎普拉德在那些批评他的人面前显得很简朴，开着旧沃尔沃汽车，坐二等舱旅行，毫不犹豫地利用自己宣扬的瑞典价值观获得良好名声。他自诩正派人，头脑有点简单，喜好低调，总是回应说宜家的绝大多数利润都没有进他的口袋。“我有足够的钱生活，但事实是，掌握钱的不是我，而是基金会。”他在一次采访中信誓旦旦地说，控制基金会的人不是他。

简而言之，大家可别再说他是世界上最富有的人了，因为钱都没在他手里呀。做了 3 年坎普拉德的左右手，离开宜家后于 2009 年写了《宜家真相》的约翰·斯特内博说，这是坎普拉德最大的谎言。这个被人用唐老鸭贪财舅舅的名字称呼的“英格瓦·麦克老鸭”有着独特的闪躲本领，尤其是涉及他的纳粹历史，那是一段敏感的插曲。年轻时，他秘密当过纳粹军人。瑞典特勤局于 1943 年调查过他，在他创办宜家的同一年。到 1994 年，他不得不承认这一身份，并向员工道歉，忏悔说这是“他一生中最大的错误”。有本书揭露，他其实介入得要深得多。英格瓦·坎普拉德招募了其他纳粹分子，且与他们一直保持联系，直到 20 世纪 50 年代，他还用宜家的资金资助过纳粹党。

无论是对于这段历史，还是践踏瑞典人认可的神圣纳税原则，他都低调行事，随后想办法逃之夭夭。瑞典人一次又一次地原谅了他，这让分析家们津津乐道：坎普拉德没有大多数大企业老板的那种傲慢。“英格瓦·麦克老鸭”懂得保持悔改和稳重的态度，完全是霍勒斯·恩达尔的反面。

这就是文学院丑闻爆发后很多人的反应：其成员非但没有表现出谦逊谨慎，反而像个精英小团体一样，毫无……社会民主党的做派可言。坎普拉德可不会这样。

尽管人们互称“女士”“先生”，文学院里也从来没有典型的社会民主，但强大的社会民主本应该产生强大的价值观，那样，或许这个文学机构就不敢藐视了呢。大胆的假设？

瑞典文学院本身不就是一个谦逊与平等的机构吗？斯特芬·法兰·李认为，它的黄金时代是 20 世纪 30 年代至 50 年代，那时出现了无产阶级作家，社会民主主义取得了胜利。此后，院士身份发生了变化。

文学院里发生的事给人一种衰败之感。瑞典古老而稳定的结构颤动了，就像那些政党。自 20 世纪 30 年代以来，瑞典一直是一个政治稳定的国家，与其他北欧国家不同，它一直克制着仇外心理，然后突然间，它动摇了。有些东西，瑞典人一贯觉得是现成的，所以或许并没有十分重视。可它们突然间崩塌了。人们意识到了正在失去什么，但或许已经太晚了。传统政党失势，反女权主义、持气候变化怀疑论的民粹主义崛起。还有，对瑞典文学院的支持。

当文学院陷入泥潭，作为国家的瑞典难道就会过得好吗？2018 年 5 月 19 日，8 名伦理学教授敲响警钟：“瑞典政治已经丧失了道德指南针。”瑞典将自己视为一个正直的大国。然而，现如今的社会，街上的每个角落都充斥着威胁。人们怀疑他人行骗，难民撒谎，邻国意欲入侵。面对那些受到严重威胁的人，更严苛的庇护政策促使我们关闭了边境。

这种混乱景象，就像恩达尔身后的那群院士，今天被当作反动与父权，而在 20 世纪 70 年代，他们却声称激进与反叛，就像当年的瑞典，被视为第三条道路的摇篮，是介于共产主义与资本主义之间的一个社会民主实验室。几十年后，瑞典突然发现自己成了淡化管理的先锋，福利国家染上了浓厚的自由主义色彩，社会氛围严酷。究竟孰对孰错呢？

斯堪的纳维亚模式，曾经像指南针一样绝对不会出错。但指南针现在已经找不到北了。

# 17
# 金色和平：肉丸和饮酒歌

如果说指南针找不到北，院士们倒没有找不到东南。每周四晚上，他们结束文学院例会后都要去那边，去 300 米开外的和平餐厅楼上的贝尔曼厅，那里有欢迎酒会和丰盛的晚餐等着他们。

如果你是普通人，知道如何品尝诺贝尔文学奖提供的美妙精髓吗？当然是去文学院的餐厅，吃些他们所吃的东西。

和平（Freden），是“金色和平”（Den Gyldene Freden）的简称，据说是北欧最古老的餐厅，至今保留着最原初的装潢。因此，走过东长街的石板路时，应该能领略到 18 世纪 20 年代的斯德哥尔摩景致。自帕尔梅时代翻天覆地的变化之后，这种稳定感或许能让瑞典人感到欣慰。

担任瑞典文学院常务秘书的10年里，霍勒斯·恩达尔养成了一个习惯，每周四到这里来的时候都带一首自己创作的饮酒歌。他应该已经写了300多首，其中的100多首他都能背。

2018年4月26日周四这次，也就是蝴蝶领结抗议活动一周后，恩达尔想自我显摆。他带着为时局创作的一首新饮酒歌来了。是关于危机的。丑闻爆发后第23个周四，第23幕这一晚，恩达尔这个平日的手风琴演奏者，以《我死后你会得到我的纸牌》的曲调为背景音乐，朗诵了他题为《洪水2.0》的新作。

神在天上有所不便，
当他看向我们的文学院，
文化堡垒之地
可悲地变得一团糟，
说说看，该拿这样的动物园怎么办？

神只需让洪水退去，
它已变成一条火热的河！
我们有如此深仇大恨，
我们如此自责自欺，
他能用酒精洗涤我们吗，从头到脚？

可以说，金色和平餐厅是此事件的象征性地点。诺贝尔委员会主席佩尔·韦斯特伯格闪着狡黠的目光，他告诉我，2018 年危机最严重时，院士们是如何努力挫败记者与示威者的伏击的。

当记者和摄影师在地下廊 4 号的文学院门口蹲点，或在蝴蝶领结抗议活动期间，“当人们包围我们，或多或少想对我们处以私刑时”，院士们成功地蒙骗了记者，在尤加登岛文学院名下的别墅中聚会。在这种氛围下，他们两次被记者截住，于是跳上公交车，放弃去金色和平餐厅用晚餐，转而去了佩尔·韦斯特伯格家，能够代表奥斯特马尔姆街区的大公寓里。霍勒斯·恩达尔唱起他的饮酒歌，这是他自 20 年前当选院士以来，每次就餐的保留节目。

我每次去金色和平餐厅吃饭——第一次是应一位深爱此地的瑞典编辑邀请——都被打发到底楼，那里座位更多，三个拱厅被小楼梯分隔开来，倾斜而大小不一的台阶仿佛是专为绊倒服务员而设计的。

在我的要求下，餐厅女主人有一次终于把我带上楼，来到那间著名的贝尔曼厅。要去那里，首先得穿过一个供应开胃酒的小客厅。

餐厅的墙上挂着一个 6 层小玻璃柜，里面放着院士们的 18 个酒杯，上面用大写的罗马数字刻着他们各自的席位。

服务员们训练有素，餐厅女经理的教养更胜旁人，她对发生在楼上这间包间里的事守口如瓶。一旦院士们开始讨论诺贝尔文学奖——来金色和平餐厅吃饭主要是为了集思广益——服务员就会离开包间。

注意了，也可以在院士厅吃饭（当然周四除外）。如果有 20 位客人以上，且每人至少要点 3 道菜，就可以免费预订包间。低于这个数，必须付 500 欧元的房间使用费。

有人说，佩尔·韦斯特伯格和霍勒斯·恩达尔来了之后，院士们的日常生活便得以改善，以符合恩达尔“永远保持好心情是知识分子的责任”这一原则。据说，他们每周四在那里喝豌豆汤，但一年供应一次的鳎目鱼汤才是院士们的最爱。

可他们差点就吃不上了。

1989 年 2 月，霍梅尼发起拉什迪追杀令后，文学院便开始分裂。三位院士为抗议文学院的中立立场而放弃席位。那时，拉什迪事件差点让文学院倒台，即便冲突比表面看起来更复杂。事实上，退出的院士里就有人想卖掉餐厅所在的大楼，用于资助年轻作家，但徒劳无功。

18世纪，首都的大部分人口聚集在今天所谓的老城区。人们用盐渍来保存食物，而盐会令人口渴……岛上优质的饮用水十分稀少，为了给斯德哥尔摩人解渴，当时约有800家小酒馆，有些只有一张简单的餐台或两张桌子。

1722年，1710年暴发的几乎夺走一半居民性命的鼠疫已成往事，但国王卡尔十二世的瑞典刚刚在波尔塔瓦遭受了可怕的挫折①。俄国人在瑞典群岛偷盗，他们的船只想一直开到斯德哥尔摩来烧杀抢掠。

1719年12月22日，从事葡萄酒生意的中产阶级彼得·赫尔贝里买下东长街与太阳巷夹角处的两栋石屋，把它们全部推倒，重建了一栋新房子。1722年，金色和平餐厅开业。是哪里的和平呢？大概指1721年俄国与瑞典缔结的《尼什塔特和约》，又或者是1570年瑞典与丹麦签的《什切青和约》。早在1572年，斯德哥尔摩就有了第一个以此为名的小酒馆？原则上与今天没什么不同的酒窖从15世纪就开始供应啤酒，那时斯德哥尔摩还不是仍很脆弱的瑞典王国的首都。

不过，餐厅与文学院建立起联系倒是最近的事。

---

① 1709年，卡尔十二世率军围攻俄国要塞波尔塔瓦，久攻不下，最后几乎全军覆没，此后一蹶不振。

约斯塔·阿维德松在关于这家餐厅的书中说：

1919 年 2 月 4 日，艺术家们一如既往地涌进餐厅。金色和平餐厅的重要支持者，喜爱肉丸的画家安德斯·佐恩被酒馆之王埃米尔·诺兰德当面打断了就餐："我说亲爱的安德斯，这是你最后一次享用餐厅的肉丸了。"

佐恩吃惊地抬起头。传闻说，他差一点被噎住了。一段时间以来，老板一直饱受困扰，当局规定餐厅要达到一定的标准才能继续营业，他决定认输。吃了一半肉丸的安德斯·佐恩大发雷霆，威严地对他朋友说："快去买下房子呀！"那位朋友即刻便离开了。第二天，交易完成。"和平"因为肉丸而得救。佐恩希望永远保留一处属于诗人和艺术家的地方，让他们可以在惬意的氛围下好好用餐。为了把这一制度固定下来，他创建了金色和平基金会，为此捐助资金并制定了规则，特别说明其所有权归属瑞典文学院。

佐恩的心愿并未全部实现，比如女服务员的黑白制服必须镶上皱边并配粉色围裙，同时要有一把竖琴随时待命，以备客人突然想唱个小曲。如今，竖琴确实被放在贝尔曼厅，不过是藏在橱柜里。至于差点噎住佐恩的肉丸，按照他的意愿，一直保留在菜单上。

佐恩极其崇拜贝尔曼，那是 18 世纪瑞典有名的行吟诗人，当地的另一大招牌。佐恩明确指出，这栋房子必须作为用于纪念贝尔曼的聚会场所，每年2月4日，在行吟诗人生日这一天，还要由文学院颁发贝尔曼奖。唯一的让步是，2月4日如遇周四，则瑞典文学院有权优先召开例会。

社会学家、作家罗兰·保尔森在金色和平餐厅做服务员时，参加过几次这样的活动。他早就明确指出："在我做过的所有糟糕的工作中，我认为在金色和平餐厅的专属楼层做服务员是最折磨人的。"楼下的厨房紧张得不得了，在那里干活的大厨显然有些特权，只要院士们一来，他就骂骂咧咧，满嘴脏话。楼上，亚麻餐布与镀金镜之间完全是另一番景象。每周四晚上都来的那一拨客人唯一晦涩的工作似乎是"为瑞典语言的纯粹而努力"。

罗兰·保尔森还没披露与社会民主党关系密切的工会联合会对工人阶级的背叛时，就提起过"文化先生"（指霍勒斯·恩达尔）。他说，"文化先生"让一切都发生了改变。

"文化先生"似乎没怎么注意碟中的食物。"起先，我以为是他认为自己的常务秘书工作过于重要，因此把忽视他人也视作职责的一部分。"

然而，保尔森又发现，"文化先生"与餐厅女经理贝里特关系不错。证据是，他会一边跟她打招呼，一边问她过得如何。这样最好。保尔森说，贝里特拥有这种罕见的天赋，能一边透过窗口看着院士们沿石板路迈着缓慢的步子向餐厅爬坡而来，一边为每位客人点好鸡尾酒。

根据保尔森的说法，贝里特认为他们很无聊。客人一入座，她就让手下的侍者慢下来。保尔森很快就相信，这是为了减少痛苦。是的，贝里特似乎真的可怜他们！理由是："无论给他们上什么，卡利克斯鲅鱼籽，小牛肉馅猪蹄，麝香冰淇淋和蘸巧克力波美尼亚贝克，宴会上都很难看到有人露出惊讶的表情。他们似乎厌倦了生活。结束。熄灯。"

气氛……

# 18
# 加缪与马尔罗的比赛

虽说院士们讨论诺贝尔文学奖时，金色和平餐厅的服务员要离开贝尔曼厅，但并不意味着我们完全无法知晓这种秘密的磋商。只需耐心等待。50年后，诺贝尔文学奖档案会被公开。我有两个机会深入研究这个问题，一次是1957年阿尔贝·加缪得奖，档案于2008年初公开；另一次是1964年让-保尔·萨特得奖。所有对诺贝尔文学奖评奖机制感兴趣的人，都想了解隐藏在这个具有世界影响力的决定背后的故事。最后获得补偿的萨特，毫不知情地做了加缪与马尔罗竞争的观众……

人们常说，当某些戏剧性事件发生时，我们会记住自己身在何处。

2015年1月7日，《查理周刊》遭袭击时，我正巧在斯德哥尔摩的瑞典文学院，当时1964年萨特获奖的档案刚刚被公开。我在为《世界报》写一篇稿子，讲述这些档案揭示了什么。

袭击发生后不到一小时，《世界报》国际部一位负责人就给我发了一封电子邮件，要我为该报写一篇有关漫画事件的文章，以防伊斯兰教极端分子认领袭击。当时，还没有人声称为此事负责。

漫画事件的起因，最初是2005年9月27日丹麦《日德兰邮报》刊载了涉及穆罕默德的漫画，《查理周刊》出于声援又转载了其中最富争议的部分。随后几个月，多个伊斯兰国家爆发示威活动，丹麦成为各种威胁的众矢之的。这是一次支持言论自由的呐喊，多年前，院士们也曾因拉什迪事件抵制文学院。当时及随后几年，我在丹麦围绕该事件写了很多报道。

但2015年1月7日，我正在文学院大楼三楼的一个大厅里，对面就是宽大的台阶，墙上挂满院士们的大幅肖像。14名院士。满员时有18名。周围都是从50年前的旧盒子中拿出的文件，这是诺贝尔文学奖档案向公众公开之前所需要的时间。于是在2015年的这个年初，我深入1964年诺贝尔文学奖的幕后，了解这次被萨特拒绝了的评奖。

我推开散落在桌上的文件，专注于漫画，同时关注在法国上演的这出戏剧。50分钟后，我将稿件发了出去。

然后我又回到50年前。关于瑞典文学院这个主题，我也有最后期限。研究这些档案对了解诺贝尔文学奖的颁发非常重要。这会不会有助于解密莫迪亚诺和鲍勃·迪伦之间的角逐？不一定。也许会。

我在此摘录当时为《世界报》所写文章的部分内容，有关萨特和加缪的内容相当，都要上溯到10年前。二者也有联系。

加缪最初于1949年被提名，几乎和马尔罗同期。两人之间的竞争持续了近10年，直到加缪于1957年获奖。诺贝尔文学奖评委每年都在加缪与马尔罗之间摇摆。瑞典人对后者怀着真正的喜爱，档案也无法掩盖这一点。

以1954年的档案为例。这一年有27位候选人，其中有5位新人。西班牙的皮达尔[①]再获提名，殊不知他已经太老了。然后照旧是海明威、马尔罗和加缪。他们的名字一起出现早已不是第一次了。诺贝尔委员会是负责调查并向其他院士提议候选人的小组，他们提议海明威排第一，冰岛人拉克斯内斯第二。罗雅斯被众多阿根廷的组织和机构推荐。“很明显这是有组织的，”委员会指出，“但他作品的文学质量还不够。”皮达尔也被拒绝

① 梅嫩德斯·皮达尔（1869—1968），西班牙作家、文学评论家、历史学家、语言学家，著有《拉腊诸王传说》等。

了。委员会无情地解释说，他已经85岁了。马尔罗。马尔罗的情况是，人们感觉他对诺贝尔文学奖已经胜券在握。他有《沉默之声》《想象博物馆》，但除非他回归小说形式，其候选人资格才有意义。希梅内斯[①]，过于排他和封闭。委员会主席发表了自己的看法：我们在等待海明威的新作品。"《老人与海》来了。"他的写作中有愤世嫉俗与残酷成分，这当然与诺贝尔文学奖的理想不符，委员会中的强硬派赫尔·厄斯特林指出。但不可否认，有一种英雄的悲情震撼了他。那就海明威了？这并非定论。委员会的另一个重要人物赫尔提出反对：海明威不需要靠诺贝尔文学奖成名或致富。这位瑞典人补充道："我越来越有一种感觉，我们以名望作风向标太多年了。"那就加缪？"他最近的新书《夏天集》充满了古典之美。"厄斯特林写道，"他的名字可以再次流行起来。加缪始终是法国文学最大的保障之一，再来一部与《鼠疫》质量相当的作品，肯定会使他的候选人资格处于更有利的地位。"加缪，还需再加把劲。与马尔罗相比，感觉诺贝尔文学奖评委会差一点就要为加缪铺红毯了。不记名投票中，海明威获胜。

1955年。46个名字，其中有17个新人。弗罗斯特、

---

① 胡安·拉蒙·希梅内斯（1881—1958），西班牙诗人、散文家，著有《三个世界的西班牙人》等。

皮达尔，被驳回了。理由大家都懂。加缪呢？“评估这位候选人没什么新鲜感，像以往一样，留待最后再仔细斟酌。”亨利·博斯克？“没看出他为什么能胜过其他法国人。”马尔罗？“静待观察，理由同去年。”朱尔·罗曼？无更新。乔治·迪阿梅尔？无更新。保尔·克洛岱尔？当年去世了。候选人名单上有这么多法国人实属罕见。最后，冰岛人拉克斯内斯胜出。

1956 年。对于马尔罗，还是无尽的等待：“由于马尔罗长期中断纯粹的小说写作，委员会认为，待其有新作时再重新予以考虑。”对于加缪，真正给予了一线希望：“经过长久等待，这位法国作家终于在夏天之前出版了新作《堕落》，在任何意义上都将自己置于关注的中心……该书是一部杰作，凭其有限的体量可以与《鼠疫》媲美。委员会认为这部新作无疑为加缪获得诺贝尔文学奖再添筹码，只是或许要再等几年，做进一步深入考察。”希梅内斯得胜。

1957 年。又有 12 位法国人参与竞争。萨特首次入围。他的《圣热内》仍令人记忆深刻，只是对诺贝尔文学奖来说有些“存疑”。但这一次，诺贝尔委员会意见一致：加缪。几个月前的 1957 年 4 月 14 日，他们中还有一人撰文赞扬《流亡与王国》。算是线索吗？那马尔罗呢？他肯定也在候选人名单里。委员会成员统一意见并将其交给院士们之前，这两个人其实是处于竞争位置的：二选一。马尔罗与加缪角逐诺贝尔文学奖。委员会指出，加缪“处于全面发展状态”，“他着重强调人类存在的荒谬性，这并非无果的消极主义”。自始至终遵循阿尔弗雷德·诺贝尔遗嘱精神的委员会表示，诺贝尔偏爱理想，这种精神应当受到保护。而马尔罗，委员会特别指出，他出版《希望》“已在20年前”。言下之意，太过久远了。至于另一本具有诺贝尔文学奖价值的出版物《与天使角力》，“始终是一部未完成的作品”。“因此，如果文学院越过马尔罗而选择年轻的加缪，一位创作活跃、仍大有前途、现已冲出法国并获得世界文坛关注焦点的作家，我不觉得有任何不妥。”

1957年10月17日，斯德哥尔摩瑞典文学院大厅：阿尔贝·加缪……“他的重要文学作品，深刻而严肃地揭示了当今人类良知面对的问题。”

比赛结束。

但马尔罗的候选人身份还未成为过去式。

1957年萨特在49名候选人中首次获得提名。直到1964年他获胜为止，这种情况每年都将重演。1957年对萨特首次提名的评语是：“萨特思想的哲学意义和持久性需要更可靠的依据”，因为以《圣热内》这样的作品获得诺贝尔奖“似乎太具争议性”。

1959年。57位候选人。马尔罗仍旧出现在瑞典小报上，但“很不幸，马尔罗文学创作的小说部分似乎已暂时结束”。萨特被向后搁置，没有进一步评论。路易·阿拉贡“与法国顶级作家相比缺乏足够的特点”。瑞典人遗憾地发现，他在战争时期创作的作品具有的那种力量如今似乎消失了。让·吉奥诺遇到了马尔罗的老问题：没有新作品能让人再次对其进行评价。意大利人萨尔瓦托雷·卡西莫多夺冠。

1960年。59位候选人，其中有15位新人。亨利·德蒙太朗，勒内·夏尔。萨特得到与往年大同小异的评语，只是形式上更为简洁。“该提议需再等一等。”凯伦·布里克森，近年来一直被讨论，但意见未能统一。斯坦贝克，没什么值得考虑的新内容。马尔罗，始终处于首选之列，但就像一位院士指出的：“迄今距离获奖路途还很遥远，而其近期的哲学著作还未能达到诺贝尔文学奖作家的水平。”法国诗人兼外交官圣－琼·佩斯取胜。

1961年。56位候选人。文学院对斯坦贝克的新作感到满意，这提高了他获奖的可能性，只不过是针对以后而言。托尔金，《魔戒》的作者，其作品以奇幻的色彩让人刮目相看，但“这无论如何也产生不了最优秀的诗”。马尔罗，继续等待。萨特，等待。让·阿努伊的作品广受好评，但委员会说，不会在佩斯之后立刻再选一位法国人。西蒙娜·德·波伏瓦的《一个规矩女孩的回忆》和《岁月的力量》令人印象深刻，但文学院缺乏时间消化这后一部作品，因此没有表态。南斯拉夫作家伊沃·安德里奇得奖。

1962年。凯伦·布里克森，在经历了那么多年的讨论后去世，瑞典人追悔莫及。前一年，一位院士就已在遗憾于1945年去世的保尔·瓦莱里和晚他10年的保尔·克洛岱尔没有获得诺贝尔文学奖。但候选人从来不缺，这次有66人。角逐在约翰·斯坦贝克、罗伯特·格雷夫斯和让·阿努伊之间展开。萨特的“颇为有趣的候选人资格”再次被搁置，尤其是因为每次尝试欣赏他的作品中的哲学部分时，疑问就会出现。文学院承认，存在主义似乎回归了，不过还要再观察一段时间，才能评估其影响。文学院常务秘书安德斯·厄斯特林在报告中对让·阿努伊和贝克特极尽赞美之词。“如果说我有所犹豫，”厄斯特林补充说，“只是因为考虑到更年长些的对手萨特；把奖颁给阿努伊，可能会被视作刻意遗漏他在其他方面的争议。”奥尔松院士表示，不想以萨特显示出更多独创性为由来否定阿努伊。“当然，萨特写了不少戏剧——《禁闭》《受人尊敬的妓女》《肮脏的手》——但他作品中与让·热内相像的那些东西相当令人难以忍受。

从他最近的《阿尔托纳的隐居者》也可看出，其品质尚未达到完美。”该剧给这位院士留下过于造作的印象。刚刚出版《烦恼的冬天》的约翰·斯坦贝克获奖。

1963 年。80 位候选人。法国人占大多数，其中还有夏尔·戴高乐。“该提案未经讨论就被排除。”但还剩让·科克托、让·吉奥诺、勒内·夏尔，让·阿努伊、路易·阿拉贡、勒内·艾田浦、让·盖埃诺、马塞尔·茹昂多、老熟人马尔罗、亨利·德蒙泰朗、亨利·凯费莱克、朱尔·罗曼，以及萨特，后者的提案“被认为需进一步考察”。希腊人乔治·塞费里斯打败 W.H. 奥登和巴勃罗·聂鲁达拿奖。

1964 年，萨特之年。76 位候选人。法国人人数再次过多。让·阿努伊仍在名单上，当然还有马尔罗——“候选人资格等待过久，没有什么新情况”。有 6 位候选人引起了院士们的特别注意。对于塞缪尔·贝克特，新任常务秘书卡尔·朗纳·耶罗指责“其绝望的消极主义性质违背了奖项的本意”。欧仁·尤内斯库被认为在艺术定位上过于片面。对日本作家谷崎润一郎来说，《细雪》的英文版或许没有传达出他的风格。但常务秘书补充道，其短篇小说集的最新译本显示出“一种虐待的喜好，令西方读者很不舒服”。去年进入前三的 W.H. 奥登受到安德斯·厄斯特林盛赞。苏联人米哈伊尔·肖洛霍夫也值得高度重视。“我觉得，对肖洛霍夫这位候选如此之久的作家表明态度似乎越来越不可避免。”这位常务秘书表示。终于到萨特了。他出版了期待已久的第一卷自传《词语》：“以回忆录的形式进行生动冷酷的讽刺，其目的无疑是在他已然庞大的作品库中开创一项伟大的新事业。”“这种强硬和独立的个性，已成为欧洲知识力量的要素之一，受到争议和钦佩，尽管近年来其影响力有所下降。”耶罗担心诺贝尔文学奖将是对萨特那种“有争议的存在主义”哲学的某种认可，但他赞同专家的观点，认为萨特获奖是够格的。他写道：“尽管有些保留，但我准备支持该提议，因为这或许是最好的提案。”最终的获胜者将在萨特和肖洛霍夫之间诞生。耶罗指出，两人势均力敌，他自己选萨特，“只因为他的名字更有机会在委员会中获得支持”。1964 年 9 月 17 日，诺贝尔委员会投票给让 – 保尔·萨特。听闻传言后，萨特于 10 月 14 日写信给文学院的秘书，表示自己不愿出现在可能的获奖名单中。次年，轮到米哈伊尔·肖洛霍夫领奖。

这个故事的寓意是，如果安德烈·马尔罗写一部新小说，让 – 保尔·萨特也许就永远不会被选中，因为他中选似乎更多是因为缺乏合适的候选人而非真的受青睐。

# 19
# 诺贝尔奖工厂

档案虽令人着迷，却并不能揭示一切。每位院士的投票都是保密的。不知谁会获得选票，也不知每位候选人的票数，只知道 18 位院士中至少得有 12 人参与投票，得到半数以上投票才算胜出。我设法重现这个过程。

根据既定的协议，诺贝尔委员会的院士成员每年举行 5 次正式会议，地点在悬挂着沉重枝形吊灯的会议厅内。然后就是保密时间，手机留在门口，窗帘也被拉上，以避开大广场上好奇的目光。

诺贝尔文学奖一直固定在 2 月初启动，那时所有提名流程均已完成。能够提名候选人的有：瑞典文学院及瑞典或国外同等性质的学院和机构成员，大学和高等专业学院文学教授，历届诺贝尔文学奖得主，各国的作家协会主席。文学院会在一个周期结束后的秋季，向若干具备资质的人员发送提名邀请，一般是通过邮寄信件。

到 2 月 1 日截止日时，通常会得到略少于 200 人的提名名单。2019 年 2 月，“恐怖的一年”过后，收到了大约 150 个人选提名，比以往略少。院士们用他们都快忘了的名字充实了清单，候选者达到了近 200 人。委员会在春季召开了 4 次会议。

院士们随后在大约 5 月 20 日拉出 25 人左右的名单。佩尔·韦斯特伯格作为诺贝尔委员会主席，近年来一直负责向文学院其他成员报告并推荐不同书籍，这些都完成于时长为 1 小时的会议中。院士们可以把报告带回家审读一周，但文本不能外泄，且必须归还。

5 月初，潜在得主降到 5 人，排名不分先后。这 5 位作家的书要被买来并存放于上锁的柜子中，只有两名雇员有钥匙。大量样书须秘密被购入，通过某位不知目的的中间人，或者某位院士从外省或外国的小书店购买。

所有院士须在夏天阅读这些书，用媒体上热门作者的作品来伪装书皮。诺贝尔委员会的院士成员——通常有 3 到 5 人——在夏季为 5 位候选人各撰写 1 篇小短文，相互之间不能进行讨论。9 月中旬，25 篇小短文被放在文学院的桌上。不得通过电子邮件列举或讨论任何内容。候选人身份藏在瑞典语的名字后。

从前的人名代号有时未免太过明显了。2011 年，调查得奖人名字泄露的原因展开时，常务秘书彼得·恩隆德改革了加密方式，并认为代称不该和原名有丝毫逻辑关系或谐音关系。恩隆德曾是军事情报领域的资深人士，他说得自然有道理。从此一切随机，随机取一本书，随机翻开某页，出现的第一个专有名词即作为人名的新代号。2011 年，瑞典诗人托马斯·特朗斯特罗姆就用这种方式被命名为斯蒂娜。

注意，1976 年之后，各大报刊编辑部在揭晓前两天才会得知获奖者的姓名。

9 月中旬后的第一个周四，文学院召开会议。诺贝尔委员会成员各自发表对候选人的看法。委员们喜好不同，在此阶段不求达成一致，以便每人都可以参与讨论。

院士们阅读 25 篇小短文，并在接下来的一周对相关的作品进行评估。下一个周四，轮到其他院士讨论。据佩尔·韦斯特伯格说，气氛明显热烈起来。意见往往截然相反，结果有时难以确定。讨论将在秋季持续几周，直至出现明显多数票才结束。

院士们非常依赖他们所需要的翻译和专业知识。比如，据安德斯·奥尔松讲，没人会说波兰语，所以维斯瓦娃·辛波斯卡在 1996 年获奖时，院士们依赖秘密联系并要求其保密的翻译人员。文学院会举办小型研讨会。对于某些语言来说，如阿拉伯语，它非常依赖大语种，尤其是出版大量翻译作品的法语。原则上，委员会的5位成员应精通西欧的主要语言——英语、法语、德语，有时还须精通西班牙语和意大利语。安德斯·奥尔松坚持认为，除英语外，大家都必须懂法语和德语，这非常重要。只要有被提名的新名字出现，就必须有相应的译本。即便对一种无人掌握的语言，也必须进行某种翻译，否则就不能获得诺贝尔文学奖提名，因为无法讨论一个其作品没有被译成其他语言的作家。

比如对于一个用斯瓦希里语写作的作家来说，他的作品至少要被译成英语或法语，这样才能打开一扇通往文学院的大门。翻译需要译审，得请教这方面的语言专家。委员会处理一份20来人的名单时，需要具备一定水平的专家的帮助。

每位院士在纸上写下自己选中的人的名字，再将其折起来投入一个锡罐。主事坐在主席旁边，面对着常务秘书，负责计票。余下只能耐心等到公告日的10月上旬了。任务完成，大家欢欣雀跃地前往贝尔曼厅，举起自己的专属酒杯。

落选的4人不会自动进入次年的候选人名单。一些名字消失，一些新的名字进来。无论如何，未被提名的两年都别想拿奖。

当然，这是一切都正常的情况，且院士的法定人数须达到12名。

2018年秋，瑞典文学院陈列着院士大幅肖像的小厅里，还有14张照片。文学院网站上，18个席位有5席标注“空缺”。网站上院士们围桌而坐的图片上只有13人，上面的日期为2015年。一个月又一个月过去了，院士们离去，回来，离去，扬言走，又回来。

我很同情在社交网站上更新文学院网页的人。

1999年因拉什迪事件离开的女院士谢丝汀·埃克曼，20年后态度没有丝毫缓和：“如果他们真能选中一人，那可太有趣了，没错，我甚至很想看看哪位会跳进火海。”

2018年这个秋天，火海里来了三人：一位伊朗裔女诗人恰好顶替了抗议拉什迪追杀令的女院士谢丝汀·埃克曼，法学家埃里克·M.鲁内松在整个危机期间担任调解人，这也标志着这个无纪律的集体终于回归了一个懂法的人，此外还有文学史学家马茨·马尔姆。

数月来，在国王威胁要解散文学院的压力下，文学院一直在与一项不明确的规章作斗争，很多法学家在研究，需要多少位院士才能选新人。正常情况下，作出决定至少需要7人，比如管理文学院颁发的众多奖项（诺贝尔文学奖除外）。每次须有7位院士才能完成日常工作，但要选出新秘书和新院士，必须12位成员在场，这图腾一般的著名数字是国王钦定的。

在宫廷和基金会的支持下，文学院规章已经现代化，允许成员辞职，以避免席位空缺的尴尬。

新成员的任命是经过与3位不同意见者的激烈磋商得来的，他们同意参与决策，加入现有的9席院士中。9加3，就是12。刚好达到要求。“但我们成功了。”这段时间的负责人安德斯·奥尔松说。

这次谈判有什么内幕吗？一位不同意见者谢尔·恩斯普马克讲述了幕后的故事。为接受参与重建文学院，并达到能选新人的12位成员这一法定人数，不同意见者们以拳捶桌：其中一个条件是霍勒斯·恩达尔必须离开文学院。但当后者拒绝时，他们意识到自己的责任是把文学院置于个人考量之上，并参与即将到来的选任。

如果恩达尔拒绝让步，文学院必须向异见者们表态，他们也要求卡塔琳娜·弗罗斯滕松离开。大家最终同意了一种解决方案，由法学家埃里克·M.鲁内松起草，院士们在其中强烈主张卡塔琳娜·弗罗斯滕松自愿离开文学院。

但事情还远未结束。

这事件中令人不安的是，这种说法恰恰指向了类似的情况：2018年9月议会选举后，极右翼立于拥王位置，各政党无法就组建政府达成一致，左右翼努力未果，始终达不成共识。对此，极右翼党回应：这种现象实在可悲，是时候走出困境了……

# 20
# 斯特林堡的斗争

奥古斯特·斯特林堡是戏剧家，《朱莉小姐》和《红房间》的作者，后一部作品笔触残酷，有人认为它是瑞典第一部现代小说。与保守主义斗争是他偏爱的事情之一，尤其是在当时，迎面的对手叫瑞典文学院。1910 年至 1912 年去世时，斯特林堡在看台发起堑壕战。人们注意到围绕此事件的文章、辩论、漫画和专栏有不下 1000 份，差不多涉及了 300 人、80 家报纸，宗教、政治、文学领域有大量不同的观点。当时，人们认为争论水平已经降到很低了。

这事有什么背景呢？

瑞典文学院这些年来一直处于卡尔·戴维·阿夫·维尔森的铁腕领导下，他也致力于确保诺贝尔文学奖由他所领导的机构发出，他从 1884 年直到 1912 年去世前都任常务秘书，还同时担任诺贝尔委员会主席，从1900年由他创建诺贝尔委员会时始直至其去世。维尔森被誉为浪漫理想主义的堂吉诃德，是一位保守派。从各种意义上来说都是如此，政治、宗教、文学、道德。他毕生的斗争，就是远离动摇他对社会看法的这一代作家。诺贝尔在遗嘱中唤起的理想主义在维尔森眼中变成了保守的理想主义，它把教会、国家和家庭视为神圣准则。

斯特林堡是一位高度政治化的作者，有时会把自己描述为基督徒和共产主义者。他也将成为之后无产阶级作家浪潮的重要灵感来源。他站错了立场，太有争议性了。总之，维尔森讨厌奥古斯特·斯特林堡。显然，只要他在世，斯特林堡就永远别想得诺贝尔文学奖。

阿尔弗雷德·诺贝尔信任文学院会用心颁发以他名字命名的奖项，这才赋予其合法性、声誉与重要性。不管怎样，在维尔森手中，诺贝尔文学奖首先是扼杀任何新文学的武器。

1901年，第一届诺贝尔文学奖即将颁发之际，托尔斯泰的名字已经被大家传遍，虽然他要到次年才被提名，就像易卜生和左拉一样。

诺贝尔委员会在审查左拉的候选人资格时，认为他的“自然主义缺乏精神实质，甚至时常愤世嫉俗，这使他难以得奖”。那托尔斯泰呢？对像维尔森这种推崇健康理想主义的保守派来说还是太过激进了。

维尔森倾向于法国诗人苏利·普吕多姆，意见可以说更为分散了。这一选择定了基调。

在瑞典，批评声四起，政客们也参与其中。社会民主党领袖宣称，诺贝尔捐赠与瑞典文学院负责颁奖，这一选择本身就是相悖的。有人给托尔斯泰写了一封信，告诉这位俄国小说家，文学院的选择并不代表瑞典人民的意愿！斯特林堡和画家安德斯·佐恩，后者就是那个买下金色和平餐厅，并以供应肉丸为条件，把它遗赠给文学院的人，注定要坐在血腥的看台上。

维尔森坚持自己的立场。文学院陷入孤立，处于崩溃边缘。在选择新成员时，维尔森试图排斥新浪潮。1906年，当大多数人选择让文史家亨里克·许克加入文学院，致使维尔森即将战斗失败时，他悄悄转向具备认证候选人资格的国王，成功说服他不通过许克的加入。结果，此事被媒体揭露，丑闻爆发。

于是，一方面文学院处于压力下，备受争议。

另一方面，斯特林堡撰写了一系列关于最近对卡尔十二世崇拜的文章，这位国王1709年在波尔塔瓦战役中失败，标志着瑞典失去了地区大国的地位。斯特林堡指责那些延续民族浪漫主义时期义务，始终将卡尔十二世视作民族英雄的人（直至今日，瑞典纳粹在每年11月30

日国王去世这一天都要举行游行）。当时，斯特林堡通过批评对卡尔十二世的崇拜来攻击两位被视为民族英雄的瑞典人，作家韦尔纳·冯·海顿斯坦姆和探险家斯文·赫丁。斯特林堡认为这两人的成就不值得这般赞颂。毕竟，赫丁并未先于别人发现任何不为人知的东西，而海顿斯坦姆的诗与美学也没厉害到足以引发文学史上的范式改变。赫丁和海顿斯坦姆被他描绘成卡尔十二世威名的宣扬者和走狗。与赫丁较劲让斯特林堡采取了反军国主义立场，而与海顿斯坦姆较劲，使他顺理成章地开始攻击瑞典文学院，因为海顿斯坦姆于 1912 年被选中接替维尔森的席位。他拿起战斗之笔，刺向当局、军队、王室和保守派（社会民主主义尚未被刺）。

1910 年，他通过《致瑞典民族演说》发起“斯特林堡斗争”，称文学院是二流作家和“诚实绅士”的庇护所。

“这是一个学术团体吗？”

“差不多吧！但要想评判文学，还欠些文学专家呢。公正地评价文学需要修养与品位。我必须知道它是否是新的、原创的，以免把模仿者的作品当成创新作品来奖励。例如，假设我不知道歌德写过关于狮子的小说（据埃克曼记录），我很可能就会高估佩尔·哈尔斯特伦的小说《狮子》。”

这位哈尔斯特伦原来也是一位院士……

斯特林堡以同样的风格继续道：

“那么要得到这项任命需要什么资质呢？”

“这您都不知道，必须得是绅士。”

“什么叫绅士？”

“宫廷传教士，主教，前大臣……我想还得做过好买卖。”

…………

“这家机构能不能随着时间的推移多少经历一些改变，让颁奖典礼用来嘉奖真正的功绩呢？”

“没错，我想，比如男孩们在跑道上比赛，显然应该是最优者拿奖。但在文学院这里，每年得奖的往往是最差的作品。如果瑞典文学院也能像法国一样，奖励过去一年中出版的最佳诗歌作品，而不是一堆没有诗意的韵文，那就太好了。这样，有依据的判断才能获得保障，竞赛才能像泛雅典娜节和奥林匹克运动会一样公开。”

“但文学院章程禁止这样做。”

“文学院章程已经被修改多次，当然可以再次更改。文学院甚至可以关闭，既然它在 1795 年曾关闭过。”

历史插曲：瑞典文学院由古斯塔夫三世创办。这位非常亲法的国王想在瑞典成立一个类似法兰西学院的机构。1792 年，他被刺杀后，文学院衰落。当时，未来的国王古斯塔夫四世阿道夫年仅 13 岁，由老国王的弟弟摄政，他将权力交托给一位近臣，罗伊特霍尔姆，这是已故国王的死敌，见不得与其相关的一切东西，尤其是文学院。文学院勉强避免了解散，但不得不放低姿态，蛰伏起来。待年轻的国王成年后，罗伊特霍尔姆被驱逐出瑞典，文学院才恢复活动。

斯特林堡在《致瑞典民族演说》中继续狂轰，发出致命一击：

“最终，人们聚集在一个自以为是古代智者的白痴周围，钦佩一个既没嗓子也没耳朵的歌手。就是这样的怯懦把响当当的国家变成了傻子，这样下去，过不了多久，身为瑞典人就要成为一种耻辱。”

奏乐结束。

斯特林堡用一篇又一篇的文章进行攻击。他信誓旦旦地说，自己从未获得过文学院的任何奖金，他没有痛苦也不嫉妒，只有一种遭冷遇的感觉。斯特林堡责难一个他暗地里想加入的体制，他既需要被认可，又要关注他并不看重的年轻作家，两者并不匹配。

斯特林堡发起的这场运动，本质上是针对海顿斯坦姆的，与一个世纪后作家或记者对待霍勒斯一派、《危机》小团体、斯蒂格·拉松、安德斯·奥尔松以及20世纪70年代末相识的其他人一样。但这不是斯特林堡想要的。21世纪的斯特林堡需要《每日新闻报》或其他一些媒体的支持，他期望能有同样猛的火力。

政治舞台呈现出前所未有的两极分化。差了一个世纪，样貌与今日无二。1910年，瑞典社会民主主义刚刚兴起。社会民主党在20年前成立，并于1896年收获了第一位议员，不过还要等到1920年才会有第一届社会民主党政府。斯特林堡经常被认为是瑞典最重要的作家，同时也是工人的朋友。他的对立面是其死敌海顿斯坦姆，是阶级敌人，笔伐的敌人。

谁获胜了？

维尔森和斯特林堡二人均死于1912年春，前后相距一个月。

海顿斯坦姆同年被选入瑞典文学院，接替维尔森的席位。4年后，他获得诺贝尔文学奖。

但斯特林堡早已赢得了同胞们的心。1911年，粉刷工和社会民主活动家阿道夫·隆格伦提议，集资创办一个反诺贝尔文学奖的奖或人民诺贝尔文学奖，授予奥古斯特·斯特林堡。一位主教，甚至连国王的弟弟尤金亲王都支持了募捐活动。4 万人参与了捐助，筹措到的大笔资金相当于今天的 20 万欧元。斯特林堡将大部分款项存入失业基金会。钱交到他手上的那天，1.5 万人在斯德哥尔摩举行了庆祝游行。

# 21
# 默贝里、左拉、弗洛伊德……被遗弃遗忘的人们

1908 年，鲁道夫·奥伊肯获诺贝尔文学奖。没有人听说过他。正常来说，这是文学院两派为推自己的新人奋战到底的折中产物。斗得累了，大家转而投向第三选择，一位无人支持的中立候选人。

不论是获得人民诺贝尔文学奖的斯特林堡，还是因空缺而获奖的奥伊肯，其中又有多少人失望，多少人被遗忘呢？诺贝尔文学奖的历史上铺满了尸体。

12 次被提名诺贝尔生理学或医学奖的西格蒙德·弗洛伊德表示，奖项会严重影响他的生活，但他也获过诺贝尔文学奖的提名。弗洛伊德写过一篇名为《雅典卫城的模糊记忆》的文章，并于 1936 年初寄给 1915 年诺贝尔文学奖得主（1916 年领奖）罗曼·罗兰。罗曼·罗兰

立刻写信给瑞典文学院，提名弗洛伊德为诺贝尔文学奖的候选人："第一眼看去，这位知名学者似乎更适合医学奖。他的伟大著作与心理学直接相关，更新了心理学的来源，开辟了分析情感与智力生活的新路径，并在30年来使文学深受影响。可以说，法国、英国、意大利新小说和戏剧界的几位代表人物的作品都带有他的印记。"

"我还要补充，我有幸私下结识西格蒙德·弗洛伊德教授，他一生都在坚韧不拔地工作，保持一种罕见的高尚品格，没有获得来自官方的荣誉，长期暴露在敌意下，或因其大胆的新观点刺激到官方科学而受到孤立。"

负责评估弗洛伊德候选人资格的院士毫不客气地将其打回梦境："弗洛伊德一刻也无法摆脱他的固执观念（俄狄浦斯情结），而且其治疗方法的使用范围并不乐观：无尽的告解仿佛在收集一堆无意识的垃圾。以如此的热情和比例劫掠智慧，这是这个时代最典型和最令人担忧的一个方面。这种事实并不能成为获得诺贝尔文学奖的充分理由。文学作家尤其容易陷入他的学说，从无聊的心理学中受到粗浅的影响，所以这个奖就更不能授予他了。"评估结论为："如此腐化，即便其学说在科学思辨中充满了丰富的想象，也不过是文学侏儒中的小矮个儿，绝不能获得诗人的桂冠。"

这篇批评文章的作者不是别人，正是文学院常务秘书和诺贝尔委员会主席佩尔·哈尔斯特伦。25 年前，他也是斯特林堡的攻击对象之一……

与弗洛伊德一样，威廉·福克纳对诺贝尔文学奖也不热衷。摘得诺贝尔文学奖的前几个月，他给一位女性朋友写信表达了这样的忧虑："我对诺贝尔文学奖一无所知。流言已经传了快三年，这让我有些担心。我不能拒绝，否则是对它的无端羞辱，可我并不想要。"福克纳不愿诺贝尔文学奖给他带来公众的关注，但他知道，如果拒绝，那将更糟糕。他不情不愿地前往斯德哥尔摩。

1970 年，亚历山大·索尔仁尼琴获奖，但他觉得有必要拒绝。他担心一旦来斯德哥尔摩领奖，就可能无法再返回苏联，他的妻子在盼望二人的孩子，他自己也在秘密进行几本书的写作。舆论沸腾了：让索尔仁尼琴在莫斯科的瑞典大使馆领奖吧！瑞典政府打算在大使馆悄悄举行仪式，这让索尔仁尼琴感到羞辱。他呼吁公开仪式。"不可能，"瑞典首相奥洛夫·帕尔梅反驳道，"苏联绝不会接受的。"瑞典著名作家、《移民传奇》一书的作者维尔海姆·默贝里情绪很激动，自从被纳粹政权视为"帝国的敌人"之后——这是他所接受的唯一"奖章”——他再也没什么可畏惧的了。在一次电视节目中，他正面攻击奥洛夫·帕尔梅，当面表达了所有的不满。不过要想领奖，诺贝尔文学奖得主必须发表感言才行。在一名刚刚抵达莫斯科的瑞典记者的帮助下，索尔仁尼琴得以解困。1972 年 4 月末，在莫斯科白俄罗斯站地下通道的秘密会面中，索尔仁尼琴交给他一段胶片，上面拍摄了他写的获奖感言的手稿。记者把底片藏在一台小收音机后盖的电池位置处，随后搭乘火车前往赫尔辛基，又从那里转往斯德哥尔摩，终于把底片交给了瑞典文学院。文本于 1972 年夏天向媒体公开，并传播至全世界。这是索尔仁尼琴首次曝光《古拉格群岛》。该书于次年出版，产生了众所周知的国际影响力，很快便导致他在 1974 年 2 月被驱逐出苏联。同年 12 月 10 日，这位苏联作家得以在斯德哥尔摩领取他的诺贝尔文学奖证书。

讽刺的是，1974 年颁奖礼虽然收获了这段精彩的历险，却也是文学院最严重的失败之一。因为文学院在 1974 年把奖颁给了自己的两位成员，哈里·马丁松和艾温德·约翰松。对世界其他地方来说，这表明文学院已经脱离了现实。利益冲突、腐败，无处不在。很有喜剧性，因为这两位作者本身是有资格的，他们是伴随着瑞典福利国家兴起的无产阶级作家浪潮的代表，当属奥古斯特·斯特林堡一派。假如公众赞赏，批评家就会刻薄。

4 年后，马丁松以切腹的方式结束了自己的生命。

瑞典文学院与他人的关系有时含糊不清，《移民传奇》的作者维尔海姆·默贝里就是例子。

无论是他还是他的友人——作家、作曲家和行吟诗人埃弗特·陶贝，都未能入选文学院。陶贝已成金色和平餐厅背景的一部分（他的桌子就位于门口左边）。到 20 世纪 60 年代末，二人均已半聋，他们讲话的音量也提高了不少。相传有一天，有人在金色和平餐厅听到默贝里对陶贝说："你怎么还没入选文学院？" 陶贝回说："没有！现在光是脑出血已经不够格了！"

含糊不清，因为默贝里也说过："瑞典作家的三大威胁是酒精、人气和瑞典文学院！"

20 世纪 50 年代，当默贝里写作《移民传奇》时，瑞典文学院是他的一个主要仇恨对象。作为坚定且暴躁的共和主义者，他认为文学院是一个令人厌恶的小团体，一群独立作家和知识分子在那里把自己的灵魂出卖给了"王室糟粕"。

1952 年，哈里·马丁松入选文学院后，默贝里写信给他们共同的朋友艾温德·约翰松，表达了他对这帮人的不满，指责这些人都来自工人阶级，曾是激进分子，现在却身穿燕尾服，上什么王室礼仪课。

当时，有关艾温德·约翰松可能入选文学院的事已经流传开。默贝里的笔饱含怒意：“我不想冒犯你，只是想暗示你，在这种情况下你可能也会接受入选。”艾温德·约翰松要5年后才正式入选，还和哈里·马丁松一起在20年后获得诺贝尔文学奖。维尔海姆·默贝里很明智地选择了在公布他俩拿奖的前一年赴死，这使他不必谴责该机构甚至他朋友的腐败和虚伪。

文学院试图给默贝里颁发最好的奖章，十分稀有的金奖章，但他拒绝了。

1998年，一个电视节目组织了一场投票，评选19世纪瑞典最重要的图书。默贝里的《移民传奇》获胜。一位院士愤怒地在现场直接发表了这样的评论：“这不是我们知识分子的想法。”评论来自……霍勒斯·恩达尔。

在诺贝尔文学奖得主人选上，文学院自有裁量。排除托尔斯泰、左拉，巴尔扎克、维克多·雨果和大仲马也绝无机会，一位院士是这么说的。

2016年，鲍勃·迪伦得奖。一位音乐家。轰动，保证能上头条。鲍勃·迪伦本人似乎对此没什么兴趣，几周后才向文学院示意。羞耻。他没出席12月的颁奖礼。这是羞辱。还要发表感言，必不可少吗？他录了一条语音。

这无异于一记耳光。

这份档案在50年后开放阅读时，应该也相当有趣。院士们最后是如何选择了鲍勃·迪伦而不是菲利普·罗斯的？要嘉奖美国文学，后者无疑才是更合理的选择吧？

一位瑞典女作家会对我说，迪伦挺好，但这不是他应在的位置。她还会补充说，她认为迪伦没去斯德哥尔摩也正因为如此。他和奥巴马一样认为自己不配得此奖。获得诺贝尔和平奖的奥巴马成了神，但他什么也没做过。

罗斯的朋友阿兰·芬基尔克罗会在法国国际广播电台作一番解释：菲利普·罗斯和米兰·昆德拉之所以没有获得诺贝尔文学奖，“是因为他们有所谓的厌女症，这绝对会让斯德哥尔摩名誉扫地”。这当然只是纯粹的猜测。

当院士们有疑问时，会求助于他们的“圣经”——阿尔弗雷德·诺贝尔的遗嘱。它特别规定了奖要授予为人类作出最伟大贡献的个人，最杰出作品的作者，怀有理想的人。

解码：获奖者不一定是小说家。所有作品，不管形式风格如何，只要具有文学价值都可参评，所以温斯顿·丘吉尔、亨利·伯格森或鲍勃·迪伦才能获奖。

阿尔弗雷德·诺贝尔是一个浪漫主义者。他在遗嘱中明确规定，奖要颁给以理想主义方式写作的人，但又不能过于自然主义。他自己的作品道德意味浓，探寻理想的生活方式或理想的高尚之人。这个意愿难住了很多专家：他遗嘱中的理想主义到底指什么？抑或应该只解读为某种理想？

关于这个问题的讨论已经持续了数十年，无疑还将继续下去。

谁说当院士容易了？

# 22

# 爱文学院？爱医学院？

拉丁人确实给瑞典人造成了很多伤害。在让－克洛德·阿尔诺之前，还有保罗·马基亚里尼[①]。在法国人之前还有意大利人。人们纵容法国人是因为他是个……法国人。法国人的手总是闲不住的，他们就是这样。去巴黎地铁看看就知道了。

这个意大利人与 MeToo 运动无关，不过他的罪行同样令人震惊，导致了许多人的死亡，这简直是一部侦探小说，但它质疑了瑞典顶尖的科学机构卡罗林斯卡医学院，该医学院拥有 6000 位研究员和科学家，其中约有 400 名教授，又从中挑选了 50 人评选诺贝尔生理学或医学奖。该机构隶属于瑞典王国最负盛名的卡罗林斯卡医

① 保罗·马基亚里尼（1958— ），意大利外科医生，曾任瑞典卡罗林斯卡医学院客座教授，后因学术造假被举报，曾造成多起医学事故。

院，后者正耗费巨额资金，准备在2040年前建成身价超过60亿欧元的新卡罗林斯卡医院。医学院和医院：令人眼红的超级抢手货。

其中的马基亚里尼是一位现代的弗兰肯斯坦。

他于2010年底受聘为卡罗林斯卡医学院教授和卡罗林斯卡医院主任医师。这在瑞典已是顶级待遇了。开始时一切都很顺利，到最后，一切都乱套了。中途还有一票官员落马。2016年，在对该机构的调查发布几小时后，招聘马基亚里尼加入医学院的女校长就被研究部女部长解雇了。女部长将此事件定性为丑闻，随后也解散了医学院董事会。就像阿尔诺事件一样，人们扪心自问：究竟是如何走到这一步的？

保罗·马基亚里尼的光环为他赢得了同行的钦佩，他梦想一个不再需要手术、凭借细胞来修复器官功能的世界。细胞疗法取代手术……意大利人的梦想与卡罗林斯卡医学院的雄心不谋而合，该精英医学院与世界上最好的医学机构竞争，以吸引优秀的研究人员。由于欠缺再生医学领域的部门，医学院认为，承诺可以移植人工器官的马基亚里尼是在斯德哥尔摩建立并领导这样一个部门的理想人选，甚至最终再获个诺贝尔生理学或医学奖也无不可。

马基亚里尼被描述成一位创新进取的外科医生，拥有广泛的人脉和相当大的勇气。2011 年 6 月，他实现了首例使用自身干细胞的合成气管移植术，患者为 36 岁男性气管癌病人。然而，这位患者后来因多次就医无果后于 2014 年去世。其他患者也死了，但医学院领导层继续任由马基亚里尼行医。直到 2016 年 1 月，瑞典公共频道播出 3 集系列纪录片，这才中止了这位外科医生的工作。最终，应用他的疗法的 8 名病人中死亡 6 人。

这里的草坪下埋着什么？为揭露马基亚里尼事件的过激行为，并试图挽救医学院的名誉，学院进行了 10 余项内外调查，得出的结论发人深省：疏忽与冷漠。这是负责其中一项调查的最高行政法院院长反复强调的两个词。事件从 2014 年 6 月开始变味，当时与马基亚里尼合作发表多篇论文的卡罗林斯卡医学院的 4 名外科医生指控其学术造假，并指责其进行实验性手术并篡改结果，尤其是刊登于英国医学科学杂志《柳叶刀》上的内容。

调查特别揭示了医学院在多大程度上向医院施压，迫使其聘用马基亚里尼。更糟的是，它暴露出一种长期以来对原则的无视及对形式的蔑视，这种情况早在马基亚里尼事件之前就已存在了。

与阿尔诺事件一样，专栏作家们对此展开了严厉声讨。这次瞄准的也是体制。他们指出，该医学院与医疗工业综合体关系过密，这个网络涉及研究、生产、政策和资本，难以控制，意图不明，腐败难以避免，以金钱和声望作为回报，这种方式极具吸引力。

据一些内部观察人士称，随着资本进入科学领域，这种邪恶早在 20 年前就渗透进整个系统了。

在瑞典，法律赋予研究人员拥有其研究成果的权利。他们可以自己申请专利，并决定成果发布的时间与地点，这与由大学来全权掌握的美国有所不同。

在社会民主党政府科学顾问汉斯·维格塞尔于 1995 年至 2003 年任医学院院长之前，瑞典从这一规定中获益甚少。他给医学院指明了新的方向。研究员从此不仅要善于研究，还需要将成果商业化，造福于社会。医学院开始了竞赛。为吸引资金，就必须追求卓越，招募能带来投资商和话题的人物，比如马基亚里尼那样的人。深谙此道的商人会指出，即便是在瑞典，严肃人士也会陷入明星体系。诺贝尔生理学或医学奖确实能引来不少人。

对此，调查委员会的主要负责人发表了如下评论："我们真该想想是否是科研政策导致了眼下的局面。追逐卓越和精英主义的雄心壮志本身不应受到谴责，但它们会蒙蔽科学家的双眼，迫使他们在追求诺贝尔奖的道路上违背规则。”

禁忌词说出来了，其影响给诺贝尔基金会成员带来了噩梦。丑闻牵连了大奖。因为道德之手举了起来："发生这种事后，要正确光彩地颁发诺贝尔生理学或医学奖就很难了。”教授兼伦理学家布·里斯贝里在一份长长的声讨书中把卡罗林斯卡事件定义为“伦理界的切尔诺贝利”。他建议一两年内先不要颁发诺贝尔生理学或医学奖，以显示基金会与此事保持距离。“如果是同一拨人参与评选，那2016年诺贝尔生理学或医学奖潜在的得主们主动放弃会比较好。”一家省医院的主任医师说。

但什么都没有发生改变。根据传统，来自医学院的50名教授会组成独立委员会，评选诺贝尔生理学或医学奖。由于马基亚里尼事件，2016年仅有45位成员参与审议，另外5人因不同程度涉及马基亚里尼的聘用而被排除在外，此外就没有别的了。

还有更糟的，4名举报该事件的外科医生被纠缠骚扰，有人威胁要让他们丢掉工作。其中3名因与马基亚里尼合著文章而被指责职业失当并受到惩罚。几个月后，终于有一个组织为他们的举报行为颁奖，2018年11月

21 日，同时也是“文化名人”事件被曝光整整一周年，作为点燃火药的文章作者，玛蒂尔达·古斯塔夫松获得了 2018 年的新闻大奖。

# 23
# 一个如此美丽的博物馆

提到诺贝尔，人们自然会想到斯德哥尔摩。在这里，一切都熠熠生辉。科学院、文学院、医学院，所有光彩夺目的殿堂都在首都。王宫、市政厅的蓝厅晚宴、长裙与燕尾服、国王、王后、大酒店内为获奖者开启的夜晚与摄像机。诺贝尔博物馆位于老城区瑞典文学院的底层，距离金色和平餐厅不远。人们提起诺贝尔时，偶尔也会想到奥斯陆，因为诺贝尔和平奖是由挪威议会下属的一个小委员会颁发的。与斯德哥尔摩一样，奥斯陆也在 12 月 10 日举行盛况空前的颁奖仪式。奥斯陆市政厅的晚宴、长裙与燕尾服、国王、王后、大酒店内为获奖者开启的夜晚与摄像机。

斯德哥尔摩与奥斯陆之间有一个不怎么闪亮的小镇卡尔斯库加。若是没有瑞典中部的这个矿业小镇，诺贝尔文学奖怕是要交由巴黎的法兰西学院来评选了。那样的话，就不会发生震惊院士和整个国家的可悲丑闻了。

正是卡尔斯库加在阿尔弗雷德·诺贝尔人生的最后阶段把他赢回了瑞典。

那里没有辉煌的金壁，只有矿石、造就瑞典的铁、缺乏激情的单调日常、镐的敲打、汗水、辛劳、锤的敲击。

阿尔弗雷德·诺贝尔出生时体质孱弱，9岁离开瑞典，投奔在圣彼得堡的父亲。父亲几年前出国躲债，致力于水雷制造。10岁前，小阿尔弗雷德一直由母亲照顾。他喜欢创作诗和戏剧，父母为此十分恼怒，烧毁了他的大部分习作，因为他们觉得这种文学喜好令人尴尬。但他还是偷偷留下了一些，比如18岁时写下的这篇：

我的摇篮看上去就像一张临终之床，多年来由一位终日忧虑的母亲小心照看。挽救摇曳烛火的希望如此渺茫，我罕见的才能可以用力排空胸腔的能量，但抽搐随之而来，直到窒息的边缘——我建立了一所以死亡为目标的痛苦学校。

小时候，脆弱使他在生活的小世界里成为异类。男生们玩耍时，他没有加入其中，而是若有所思地旁观。他被排除在这个年龄段的快乐之外，脑中不停想着那些未来的事。

诺贝尔在俄国生活了18年，1863年因父亲破产而短暂返回瑞典。当时他29岁，不太喜欢那里的生活，于是不久后再度离开了祖国。因此，他成年后仅在瑞典生活了一年半。之后，他马不停蹄地穿梭于欧洲各国，创建了数十家企业。

值得一提的是，他在巴黎的马拉科夫大道拥有一处房产。他研究硝化甘油的火药实验室被法国当局关闭了，因为他们认为这种高爆炸性化合物的专利属于法国，是法国的发明。阿尔弗雷德·诺贝尔被指控从事间谍活动，于是很快搬到圣莫雷，又在那里建了个新实验室，并在海边码头进行发射测试。邻居们如果抱怨，他就买下他们的房子。诺贝尔终于确认不会打扰到任何人，但船主们又开始抱怨海中爆破。意大利当局介入后，把圣莫雷的实验室也关了。诺贝尔的一位女相识告诉他，位于卡尔斯库加的瑞典公司博福斯经营不善，建议他联系准备售卖的谢尔贝里家族。诺贝尔受邀去当地详谈，并最终在1893年抵达那里。他看到一个相当现代化的工厂，专业人员在那里生产大炮，在几公里开外的地方还有一片用于测试的发射场，那正是他所需要的。他把全部买了下来，包括居所，只花了100万瑞典克朗，相当于今天的600万欧元。因为健康状况问题，他没法在瑞典过冬，所以到 1894 年春天才回来营建实验室。

卡尔斯库加位于默克恩湖北岸，离斯德哥尔摩车程两个半小时。那里有鲈鱼、鳊鱼、白斑狗鱼、梭鲈、胡瓜鱼、白鲑、欧鲅……如今的卡尔斯库加拥有自己的诺贝尔体育馆、诺贝尔酒店、诺贝尔体育场和诺贝尔健步道，还有诺贝尔博物馆。

我们从中了解到，阿尔弗雷德·诺贝尔喜欢马，相信上层权力，对利用地位谋利的神职人员多有防备，他与维克多·雨果有交往，欣赏受过良好教育的俄国女性。

在诺贝尔住过的房子里，各个房间的布置相同，里面放着蜡像，其中一个是诺贝尔自己的，侧脸与诺贝尔奖章上的一样。突然，托着下巴的手动了起来，脸变得鲜活，蜡像有了生命，开始讲述自己的故事……

1895 年 9 月，奥斯卡二世来到卡尔斯库加拜访诺贝尔。“国王对我很满意。”那个演员说。想想看：诺贝尔累计拥有 350 项发明，与 20 个国家的 93 家企业都有合作。

“但 1 年零 3 个月后的 1896 年 12 月，当我死后，”蜡人诺贝尔继续说，“人们发现我的最后遗愿时，我向您保证，国王肯定不会再对我感到满意了。”

阿尔弗雷德·诺贝尔本可以委托任何国家颁发诺贝尔

奖，比如他住了 20 多年的法国，养育他的俄国，还有去世之前一直生活的意大利。为何选择瑞典呢?

也许有两个原因。他的母语为瑞典语，他时常与母亲见面，也用瑞典语和兄弟们交流。他年老后产生思乡之情，萌生了回瑞典的打算，在卡尔斯库加的收购就说明了这一点。还有，正如他自己所说的，瑞典是腐败程度最低的地方。

诺贝尔都没怎么在国内生活过，他又如何能肯定这一点呢? 因为他看到了在其他国家所发生的事！他一直被欺负。人们总想偷走他的专利，他在法国和美国受到欺诈，合伙人又在德国背叛了他。

阿尔弗雷德·诺贝尔孤身一人，无配偶和子女，父母兄弟均已亡故。

1896 年 12 月 10 日，他在圣莫雷去世时，关于遗产的争夺战打响了。

化学家朗纳·索尔曼是诺贝尔的得力助手，26 岁就成为其遗产执行人。

诺贝尔出自一个有社会责任感的家庭，想与不公作斗争。他不反对财富，但不愿金钱腐蚀他的家庭。

他的第三份遗嘱于 1895 年 11 月 27 日在巴黎的瑞典挪威俱乐部用瑞典语写成。他去世时，财富达到 3320 万瑞典克朗。遗嘱规定，大部分资金必须交给一个基金会，由它确保每年颁发五种奖项：物理奖、化学奖、生理学或医学奖、文学奖、和平奖。得奖者不受国籍限制，只要求是各自领域内最优秀的。蜡人诺贝尔继续在各个房间中穿行："国王希望该奖归属瑞典，不希望它流往国外！"

侄子侄女得知他们只能继承到一点零碎时，大为震惊。他们强烈反对遗嘱，根本不想颁什么奖。要确保逝者的意愿得以执行，该向哪里的法庭求助呢？

诺贝尔在三个国家有三处房产，分别受三种不同的法律管辖。他在巴黎生活了 23 年，在卡尔斯库加只有 3 年。他去世时，在巴黎、圣莫雷和卡尔斯库加三地都有登记。

法国人对此事非常热衷，确信涉及诺贝尔最后愿望的一切事宜必须由巴黎法院来执行。诺贝尔的家人不愿意他把大部分财产交给一个虚无的基金会，试图让遗嘱在法国执行，期盼这样他们就能获得钱财。巴黎法院的裁决很快确认了这一点。

但卡尔斯库加法院判定遗嘱必须在瑞典执行。

索尔曼将此案提交到巴黎最高法院，并得到律师保罗·库莱的帮助。后者在《民法典》中找到依据："存放主人所有马匹的所在地，应被视为此人的居住地。"诺贝尔的三匹俄国奥尔洛夫马都养在卡尔斯库加的马厩中。而诺贝尔在巴黎住的最后几年里并没有马。巴黎最高法院最终接受这一论点，认定卡尔斯库加为诺贝尔遗嘱的执行地。要感谢法国法律和卡尔斯库加马厩里的三匹俄国马，诺贝尔奖归于瑞典。他的家人不得不接受仅从诺贝尔的3320万瑞典克朗的财产中获得100万。

从一个诺贝尔博物馆到另一个。

从卡尔斯库加到斯德哥尔摩。

如果说阿尔诺事件还不够分量的话，20多年来，一场司法拉锯战一直在阻止诺贝尔基金会实现梦想。

焦点何在？在诺贝尔的家乡斯德哥尔摩为其建造一座"名如其实"的博物馆。位于老城区瑞典文学院大楼里的那间博物馆显得过于拥挤。这是负责管理遗嘱、推广和营销诺贝尔品牌的诺贝尔基金会首席执行官的重要项目之一。

2011年9月，基金会和斯德哥尔摩市就规划地点达成一致：布拉谢霍尔姆斯半岛，国家博物馆的后面，距离12月诺贝尔奖颁奖周时诺贝尔奖得主们下榻的大酒店仅两步之遥。此举将使诺贝尔品牌的声誉达到顶峰。是的，我们在说品牌，诺贝尔博物馆前馆长在2018年年底退休前当上国王的大臣后，便通过电视转播权合同推广诺贝尔"品牌"以及与之相关的一切。

这一想法得到了斯德哥尔摩市议会大多数成员的支持，从社会民主党到中间派甚至是保守党。2014年4月，柏林戴维·奇珀菲尔德建筑事务所的方案被选中，但诺贝尔中心的建设不乏强有力的敌人，其中就包括……国王本人。他说新中心的建设将破坏老街区。太大、太丑了，在选址上大错特错。

2018 年 5 月底，正当诺贝尔品牌因文学奖延迟而大受重创时，环境法庭又否决了未来诺贝尔中心的布局规划。这也正好，因为只有 11% 的斯德哥尔摩人支持此计划，42% 的人则表示明确反对。

10 月 12 日星期五，立法和市政选举结束 1 个月后，年度诺贝尔奖刚刚公布，多数人终于表现出对斯德哥尔摩市管理上的支持：此前支持诺贝尔中心计划的右派与一直反对的绿党结盟了。为巩固协议，右派放弃了于布拉谢霍尔姆斯建设诺贝尔中心的计划。国王和他的朋友们赢了。需要依靠国王来迫使瑞典文学院改革的诺贝尔基金会负责人决定不再两线作战。

浮华的"前未来"诺贝尔博物馆也就这样了。生活继续，诺贝尔计划在年底加速。

2018 年 12 月 5 日星期三。上午 10 点。斯德哥尔摩老城，诺贝尔博物馆。广场布满漆成"法兰红"的小木屋，这种颜色来自铜矿残留物，已经注册为瑞典人文历史文化遗产。瑞典的永恒形象。诺贝尔基金会新闻发布会准时开始。

我们正接近诺贝尔一年一次的顶峰，也就是 12 月 10 日，阿尔弗雷德·诺贝尔逝世的日子。从16点30分开始，在音乐厅上演的颁奖仪式开启了这神圣的一天。两小时后，为得主们举办的庆祝活动继续在市政厅蓝厅进行，随后还有宴会。

在此期间，基金会发言人走上舞台，宣布从次日开始的一周将为诺贝尔周。得主们将来到这里，甚至在小酒吧的座位上签名，并留下一件纪念品。天花板上，有条轨道沿着整个博物馆蜿蜒而行，展示自 1901 年起历届得主的肖像。目前，他们处于休息中。右侧看到 1926 年诺贝尔和平奖得主，蓄着招牌小胡子的阿里斯蒂德·白里安。左边是 1929 年诺贝尔生理学或医学奖得主之一弗雷德里克·奥普金斯爵士肖像的背面。当发言人介绍将在诺贝尔晚宴上演奏的作品及其作者时，旁边在循环播放着一段致敬马丁·路德·金（1964 年诺贝尔和平奖得主）的视频。“让自由的钟声响起。”黑人女性们鼓掌时，正轮到诺贝尔宴会官方糕点师丹尼尔·罗斯展示自己的作品。压力巨大。“全世界都在关注，”罗斯强调说，“所以必须拿出能让所有看到的人都发出惊叹的东西。”这项挑战非常艰巨，因为今年要求不得使用动物明胶，出于宗教和素食主义者的考虑。具体规定并不清楚。“让自由之声响彻全球！”金呼喊。“可我之前制作的甜点 99% 都含有明胶。”罗斯继续说。人们还是没有意识到实际困难有多大，于是罗斯又补充道：“该死，我到底该怎么办？”

然后发言人神情庄重地接手工作，取消了个别流程，随后轻声说明，今年有些特殊，没有诺贝尔文学奖，因此，在“企鹅山”（因黑白相间的燕尾服聚集而得名）的领奖台上，将无法像以往那样，在颁奖机构代表中看到瑞典文学院。“座位数目和往常一样多吗？”一名记者问。“多少人出席，就有多少座位。”发言人微笑着说。也就是说比往届座位少。女院士萨拉·达尼乌斯将登上领奖台，不过是作为诺贝尔基金会董事会成员。“没有令人尴尬的空位。”发言人说。

2018 年 12 月初的斯德哥尔摩，热闹非凡。诺贝尔周和明胶的困扰无法掩盖与瑞典有关的另一件大事：也门政府与胡塞武装分子代表之间的首次磋商。我见了几名为报道“磋商”而路过斯德哥尔摩的也门记者，他们也是部队的成员。瑞典人为自己协调者的身份感到自豪。“在和平与外交方面，瑞典是一个公认的品牌。”一位外交官向他们解释。瑞典，品牌的国度。

# 24
# 诺贝尔奖贵宾

在瑞典就要像个瑞典人。

要想融入这个国家，就无法避开某些习俗。仲夏节绕柱起舞，在酒类零售专卖店前排队，为讨好未来的岳父而毫无怨言地品尝鲱鱼罐头，聚精会神地聆听欧洲电视大赛永无休止的瑞典预赛、“旋律节”淘汰赛、瑞典的国家大事，还要在 12 月 10 日收看诺贝尔奖颁奖日的实况转播。首先是音乐厅“企鹅山”的正式颁奖礼，随后是市政厅的诺贝尔晚宴以及得主们与大人物的嘈杂派对。瑞典会忘记清醒、严肃、新教徒和社会民主主义者的身份，沉迷于排场、精英主义和世袭权力的美梦。来吧，一年一次又不会死。

当然，要参加仪式的话……

列出我的优点和热情就够格出席了吗？

还是说他们在抽屉里找到了我 25 年前首次尝试的痕

迹呢？我很担心。

对我来说，这是一个可以追溯到我初来瑞典时的老故事。作为一名年轻严肃的记者，我刚抵达斯德哥尔摩，就立刻提交了参加诺贝尔晚宴的申请。几周后，我收到了珍贵的许可，并没意识到自己有多么幸运。那时候，我已经通过诺贝尔宴会的晚间转播对这些身着礼服、佩戴首饰者的评价有所了解。主持人走到幕后，给我们讲述庆典趣事。这些也正是我想看的。当外交部新闻厅的女负责人和蔼可亲地告诉我，我是少数可以参加宴会的记者时，我以为这事很普通。我也很清楚，我得去租件很贵的燕尾服，为我的晚餐付出代价。但为了入场，必须表现得很专业。她手里拿着那张珍贵的纸卡。我真诚地问，如果想像电视主持人一样，悄悄地进入这著名的后台，需要遵守什么规则。我想将这些告诉我的读者。女负责人和蔼可亲的眼神突然变得古怪起来，并且闪过一丝疑惑。她看了我一下，然后慢慢开口，就像在对一个 10 岁的孩子说话，以确保我能听懂："你不能离开自己的座位……整个晚上。宴会全程 4 小时，你必须始终留在大厅尽头的记者席上。"笑容凝结，她试图保持和蔼可亲的表情，但我感到她因为不得不向我解释这么显而易见的小事而感到很尴尬。要是她会错意……但她的希望彻底破灭了，因为我告诉她，我参加宴会可不只是为了坐在大厅后面吃吃喝喝的，当然要利用这种便利来工作，随意和人们交谈，向他们提问，本子和笔自然是藏起来的。因为如果我不能工作，那还有什么意义呢……卸掉面具后，她的疑虑变成了惊讶。她不再表现得和蔼可亲，而是将眼睛眯了起来，嘴巴仿佛随时会喷出怒火。她直接把请柬撕成了两半，随后一言不发。她受到了侮辱。当然啦，从来没人敢对她这么做。她走了，碎成两半的请帖也没了。对于一位瑞典女性，这算是极端的暴力了，就好像她要把办公桌掀翻推到我身上一样。

当我带着嘲讽向我的瑞典女友讲述这段插曲时，她一脸惊诧。现实中上演的文化冲击。她刚刚意识到自己孩子的父亲当真是一个法国人，不是别的，就是一个法国人。尽管这帅家伙通过了罐头测试，但或许比发酵的鲱鱼还无药可救。

我不敢去想自己是不是上了黑名单，但……2018 年的这个夏天，为了这本书，我再一次尝试，下定决心闭嘴。

等待的同时，我浏览了诺贝尔基金会的网站，上面全是统计数据，就像足球冠军联赛一样。滚动的数字中，我看到了授予得主奖牌的一张精美照片。

或许出于被拒绝在圣殿之外的不满，我想看看是否能找到同样的奖牌。为什么会产生这样的想法呢？不得而知。不过我还是去了购物网站。有了，我找到了 1922 年颁给阿尔弗雷德·爱因斯坦的那枚奖章。外形当然与照片上的有些不同，但当我看到数量选项中显示的 1 时，困惑升级为疑虑。但在它旁边，清晰地表明有 3 枚可售。这事可就复杂了。得请教一下诺贝尔基金会。

万一我得不到入场券，或许可以用揭露这类肮脏交易来作为交换条件呢！再仔细一读，发现详情里写明了爱因斯坦拿到的是更大版本的奖章，而且是金制的。没有丑闻可挖掘了。但假如奖章确是真货，也算是可耻的买卖了吧？ 2015 年 7 月，1909 年诺贝尔和平奖得主、比利时人奥古斯特·贝尔纳特的奖章，在佳士得拍卖行卖出了 50 万欧元。

诺贝尔和金钱……背后的名堂多着呢！一个诺贝尔奖价值多少？颠覆性的问题。诺贝尔奖是廉洁的。那换个问题。诺贝尔奖的资金从何处来？瑞典学院吗？因为，一年一度的盛会之豪华，如果其本身并不令人震惊的话，像诺贝尔基金会和瑞典学院这种受人尊敬的机构背后必然涉及大量资金。

诺贝尔宴会：自我炫耀的入场票价：3000 瑞典克朗，

相当于 300 欧元（简单换算：1 欧元＝ 10 瑞典克朗）。

都白忙了。我将在秋季被告知，由于名额有限，我将不能出席。我错过的是什么呢？市政厅蓝厅角落里的记者席，桌上仅有几片绿叶和巧克力。25000 朵鲜花特意从阿尔弗雷德·诺贝尔去世的意大利小镇圣莫雷运来，专为其余的 1300 名宾客准备的。

按照传统，驻斯德哥尔摩的大使们会受邀参加在音乐厅举行的颁奖仪式。但只有那些“拥有”得主的国家才能出席市政厅的庆典、晚宴和舞会。被排除在外的人穿着燕尾服和晚礼服站在门口，一开始非常懊恼，直到有人萌生绝妙的主意：我们都已经盛装打扮了，可不能就这样回去！我们也要狂欢！这就诞生了诺贝尔大使会，斯德哥尔摩外交官们独特的宴会。

诺贝尔奖的狂热吸引的不只是大使们。

那天，斯德哥尔摩的法语高中也要举办自己的诺贝尔庆典，每班会有一名学生获奖，然后所有的人都在学校食堂参加由家长准备的晚宴。

所以，12 月 10 日，瑞典几乎到处都在颁发自己的诺贝尔奖。场合不同，仪式不同，诺贝尔就如同瑞典的奥斯卡。从 1963 年起，这个长达 4 小时的实况转播节目就吸引着超过 100 万的电视观众，其中 1/10 是瑞典人。专家们一边在电视上观看晚宴和舞会，一边在报纸上为如何成功举办诺贝尔晚宴出谋划策。

准备自己的诺贝尔奖证书，规定宾客的着装要求，拿出精美的瓷器。完美主义者还会准备好打上诺贝尔标志的全套餐具，在几年前的拍卖会上，55 件餐具曾卖出 3500 欧元价格。9 只贡纳尔·叙伦设计的玻璃杯拍卖价为 280 欧元。同样，用来吃鱼的餐具 370 欧元。让鲜花的颜色与真正的诺贝尔奖花束的颜色一样。一位专家认为，如果电视转播最终变得无趣，那么棋盘问答游戏也是可以接受的。

诺贝尔奖活动将持续整整一周，包括得奖者讲座、庆典、正式颁奖的时刻，还有 12 月 13 日卢西亚日这一天，由一个身穿白裙、头戴烛冠的小女孩演唱《觉醒之歌》。

一份名人杂志的撰稿人提醒大家，12 月不仅有圣诞节，还有一年当中最迷人的盛会之一。她指出，对新人来说，“每年，看看是哪位获奖者或头面人物因礼服而成为焦点，总是令人兴奋的”。

要知道，在围绕颁奖的意义与获奖者的生平和作品所进行的两次精妙解释之间，在电视持续转播 4 小时的宴会里，晚礼服让其他一切黯然失色。这一夜，人们忘记了 MeToo 运动。暂时忽略进步主义及其社会民主主义背景是被允许的。

另一份名人杂志称，44% 的瑞典人表示，如果让他们选择，他们宁愿在宴会上挨着维多利亚公主，而不是面对“新晋”的诺贝尔奖得主。

这位公主将受到数十万双眼睛的注视。2014 年，也是同样的一批眼睛看着这位女王储裸露的皮肤上披挂着六翼天使王室勋章绶带。礼仪专家对公共电视女主持人说，公主犯了一个错误，随后被大批电视观众指责无礼。在随后的几年里，一部分裙子遮住了她披挂绶带的右肩，但在 2018 年，公主再次选择以同样方式违抗礼仪，这次没引起什么反应。这就是诺贝尔晚宴。

2002 年，女王储的妹妹玛德琳因低胸装引起关注。一位女造型师因评价“玛德琳像《海滩游侠》中的娜娜一样美”而被批评为性别歧视。

2018年12月10日，年度主题是勇气。谁能超越自我？

媒体只对主桌感兴趣：两排共 44 位宾客。他们在 12 月 10 日的报纸版面上再现了构图功力。《每日新闻报》

只刊登了中央部分的照片。13位诺贝尔奖得主（一些来斯德哥尔摩访问的前诺奖得主可以得到邀请，但只能坐在边上），5名瑞典政府官员，再加上议长，议长在过去3个月里一直没能找到一个能够组建政府的首相人选。莫非这就是他被安排在诺贝尔化学奖得主右边就座的原因？突然，不少目光都投向中间党派女主席安妮·勒夫，自从2018年9月在议会选举中获得8.6%的支持率，国家的未来似乎就掌握在她手中。她坐在距离社会民主党首相不远的地方，几天后，她将对其进行不信任投票。

但今晚只是一场聚会，什么都不会泄露。继续进行席上讨论吧。

包括西尔维娅王后在内的7位王室成员坐在2018年诺贝尔物理学奖得主热拉尔·穆鲁的左边。其他人呢？他们可以占据座次表上的"其他"位置。宾客的家属们、一位欧盟委员、一位挪威诺贝尔委员会代表（同样的仪式此时正在奥斯陆为雅兹迪活动家纳迪娅·穆拉德和刚果妇科医生德尼·穆奎格举行）。

菜单直到最后一刻都是保密的。

19点16分，军乐奏响，人们举杯祝愿国王健康。两分钟后，又响起一阵军乐，人们再次举杯，纪念阿尔弗雷德·诺贝尔。那些在自家举办诺贝尔晚宴的人与蓝厅的人遥相祝福。

12 月 10 日，瑞典报纸也沸腾了，诺贝尔奖就是提前到来的圣诞节。《瑞典晚报》讲述了为什么萨拉·达尼乌斯离开文学院后仍能出席诺贝尔奖庆典。信息并非独家的，诺贝尔基金会一周前就已经宣布，但报上仍对此大谈特谈。临时负责瑞典文学院事务的安德斯·奥尔松将出席晚宴，但不会留下来参加庆典。“因为今年没有我们的奖，所以要保持低调。”奥尔松承认。

《瑞典晚报》刊出了完整版的主桌座次。萨拉·达尼乌斯坐在 2003 年诺贝尔化学奖得主（又是化学，和瑞典议长一样，这是个征兆）和瑞典工业巨头的瓦伦堡家族的一位成员之间。桌子的两端被 4 位“某某配偶”占据。

在与恩达尔的对战中，达尼乌斯今晚打出了一套十分有效的右勾拳。在摄像机精心挑选的数百名宾客面前，她身穿耀眼的橙色裙装，身披一件粉色大斗篷，当然还系着标志性的蝴蝶领结。巨大的蝴蝶领结。几小时前，人们就在“企鹅山”发现了她，她站在音乐厅一堆黑色的燕尾服中央，圆润闪亮，吸引了所有人的注意。而在市政厅的蓝厅里，人们仿佛觉得只要轻轻一弹，就能让她滚动起来，就像乡村庆典中人能钻到里面去的塑料大泡泡。恩达尔站着被击倒了。在用餐过程中，人们看到他周围的名人们都在交谈，他却只盯着天花板，梦游一般，对别人的谈话漠不关心。

第二天，12 月 11 日，诺贝尔晚宴的胜利者已毫无悬念：萨拉·达尼乌斯披着她的粉色斗篷登上了瑞典各大日报的头条，比 U2 乐队吉他手大卫·荷威厉害多了，“边缘”[①] 整晚都戴着一顶小黑帽，与他的燕尾服十分相称。

萨拉·达尼乌斯是全城的焦点。“看到萨拉·达尼乌斯披着大斗篷、系着蝴蝶领结入场时，我们都在尖叫。她就像女王一样，驾着她紫红色和橙色的‘梦幻创作’向前走来。衣料总长 25 米，斗篷下的空间足以容纳两位小小的诺贝尔文学奖得主。她是企鹅中的孔雀。”很遗憾，电视转播前不久，霍勒斯·恩达尔提到文学院时，回应那个不幸的名称的最美方式是：“我在想，男人是否更适合参加这种集会。”

专家们致力于解读充满力量与自信的这种“怪诞”说法。一位电视评论员热情地说：“一颗彩色炸弹，足以击倒大厅里所有的企鹅。”萨拉·达尼乌斯当晚被无数话筒轰炸，当被问到这是否是对文学院的反击时，她作出一脸吃惊的样子：“当然不是——我觉得是时候证明快乐并进入新篇章了。”

当被问到当晚是否见过霍勒斯·恩达尔时，晚宴的女

① 大卫·荷威的别名。

王否定道："这里有很多人。不过如果遇到他，自然会打招呼啦。这都是家常便饭嘛。"

像往常一样，我们谴责电视记者在这场长时间的转播中没有提出批评性的问题。

一位公共电视台负责人表示，这不是正确的框架。

一位女研究员指出，公共频道与诺贝尔基金会之间互相依赖，基金会对电视广播的影响力越来越大，从而导致记者提出的批评性问题越来越少。

好吧，奥斯卡奖……

2018 年诺贝尔文学奖得主 12 月 10 日在市政厅错过的晚餐是：

头盘：烤北极红点鲑、海鳌虾汤配莳萝小洋葱、熏鳟鱼子、土豆意大利面和西洋菜奶油酱。

主菜：烤芹菜根、鸡油菌奶油和蘑菇黄油、月桂叶奶油芜菁甘蓝、慢焙肩胛肉、面包糠骨髓、熏小牛肉汁和韭葱土豆钵。

甜点（不含"该死的"明胶）：厄斯特伦弗里达焦糖苹果、苹果冰糕、香草奶油、焦糖和脆脆碎片。

葡萄酒：2013 年泰廷格干型香槟、2016 年吉哈伯通席加特红葡萄酒、2014 年鲁佩茨贝格精选雷司令酒。

然后是来自诺贝尔博物馆的咖啡和混合茶、格伦斯泰特 VO 干邑白兰地、简易潘趣酒、斯滕库尔布鲁恩矿泉水。

精致平衡，并不意味着每个人都能消化。

2018 年 12 月诺贝尔奖颁奖典礼结束后仅几天，瑞典文学院就再次陷入困境。萨拉·达尼乌斯蓬松的裙子让人一时忘了该机构正处于康复期。但女作家埃莉斯·卡尔松的帖子提醒我们，文学院内部肯定还有一些腐败的东西。埃莉斯·卡尔松是 2008 年在一家出版社聚会上揭发让－克洛德·阿尔诺性骚扰的 18 名证人之一。10 年后的这个 12 月 11 日，也就是萨拉·达尼乌斯身着紫裙和霍勒斯·恩达尔眼望天花板的诺贝尔晚宴次日，代理常务秘书安德斯·奥尔松将一封正式信交到埃莉斯·卡尔松手中，祝贺她获得来自文学院的“奖励”，6 万瑞典克朗，相当于 6000 欧元。埃莉斯·卡尔松评论道：很难不把这解读为试图让她闭嘴的封口费。收买忠诚。埃莉斯·卡尔松毫不犹豫地拒绝了“奖励”，以便就文学院事件自由客观地发表看法。

金钱……

我们知道，阿尔弗雷德·诺贝尔留给诺贝尔基金会的金额数目前达到 1.7 亿欧元。基金会的目标是每年至少实现 3.5% 的通胀调整后的总回报，这样才足以保证诺贝尔各委员会在评奖方面的独立性，并确保能给获奖者支付奖金。

但获奖者不能免除生活中各种随机因素的影响，尤其是变幻莫测的汇率。

让－马里·勒克莱齐奥获奖后，就是这样在不知不觉中损失了 13 万欧元。与 2008 年其他诺贝尔奖得主一样，作家除证书与奖牌外，还获得了一张 1000 万瑞典克朗的支票，其价值在 10 月中旬揭晓与 12 月 10 日斯德哥尔摩正式授奖期间已贬值 12.5%。诺贝尔和平奖得主芬兰人阿尔蒂·阿赫蒂萨里也遭遇了同样的不幸。另一位美国籍得主折算后实际损失 17.5 万美元。

诺贝尔基金会投资策略为 55% 股票，10% 债券，10% 房地产和 25% 其他基金。

至 2017 年底，投入资金市值达 44.96 亿瑞典克朗，比去年增长 2.5 亿瑞典克朗。收益 80% 用于年度奖金，其余 20% 用于再投资。

向获奖人支付奖金 4500 万瑞典克朗，单独奖项金额从 800 万上升到 900 万。各评奖委员会补贴 2710 万，12 月的斯德哥尔摩和奥斯陆的诺贝尔周活动费用 1530 万，管理和行政费用 1510 万。

基金会有时会被抓住把柄，比如投资的基金被用于烟草制造或石油公司。它承诺将在 2018 年 4 月前撤销所有与核武器相关的投资，但没有做到。12 月诺贝尔奖庆典时，媒体宣布，还剩下泰雷兹和劳斯莱斯这两家参与核潜艇制造的公司。

那瑞典文学院呢？

无独有偶，就在指控“文化名人”的文章发表两天后，2017 年 11 月 23 日，瑞典《焦点》周刊刊登了一篇名为《瑞典文学院逃避财富税》的调查。

标题包含了许多信息：在社会民主的天堂，存在财富税。在平等主义的天堂里，还有办法避税。这就引出一个问题，虽然标题没有明说，但我们能从字里行间嗅到，在世界征税最多的国家，如果最富有的人都不努力为国家作贡献，那还如何让民众同意纳税呢？要知道，税收是瑞典社会最重要的基石之一。这与法国黄背心运动如出一辙。1 月底，在法国逗留期间的某天晚上，我在穆代松的朗格多克村参加了一场全国大辩论。通过举证、提问与演讲，我隐约发现，是否同意纳税正在成为一个关键问题。从本质上来说，既然人们对我们有诸多要求，我们也就有权相应地要求回去，尤其是要求高层说明准备拿我们的钱去做什么。

如何能相信一个不透明的机构？文学院徒劳地辩解说，这些钱不是瑞典纳税人的，但这说不通。瑞典文学院是瑞典人的学院。院士们该明白这一点了！最后的堡垒……

《焦点》周刊的调查怎么说？瑞典文学院和数十家其他机构逃避原本对基金会和非政府组织已十分宽松的税收政策。结果呢？一分钱的税都没有缴。例外情况越来越多，文学院却没有任何解释。原则上，享受税收减免的组织至少要申报收入，即便事后会予以免税。但文学院什么都没有做，没有申报过任何交易与业务。奇怪的是，国家本该看到这笔钱的支出是否证明了对它的宽松税收是合理的。没有任何政治领袖认为有必要去进攻文学院的堡垒。一位高级税务官含糊地说：大家都知道这个问题在政客中不受欢迎。

周刊随后计算出文学院的股票投资（约 7500 万欧元，主要投给瑞典大型企业）以及在瑞典与国外拥有的公寓和建筑（接近 1 亿欧元），都是建立在战争基金基础上的，超过 1.7 亿欧元，全部无条件免税。由税务机关担保，完全不透明。战争基金还保证其独立于政治，免受一切影响。

《焦点》的文章并未引起人们的注意，而是被淹没在对阿尔诺的声讨中。它问世于星期四，正是具有象征意义的第 1 幕开幕，按照传统，院士们要召开周例会。瑞典文学院在这个周四发布了第一篇新闻稿，回应“文化名人”被举报事件。与这个问题人物的一切联系都被斩断：包括2010年以来每年拨给他的俱乐部“论坛”的1.2万欧元补贴，以及文学院暂时委托他照管的巴黎的公寓。根据某些证词，他引诱年轻姑娘，有时侵犯她们。文学院还解释说，他们会审查此人与机构有过的所有联系，以确认他是否对文学院的工作，尤其是授出的奖项或奖金有任何直接或间接的影响。

当然，人们谈论的是文学，但涉及诺贝尔文学奖和文学院时，这样还不够。

首先，院士的收入有多少？这说不准。有些人书卖得好，或者有教授工资。院士还可以获得津贴，尤其是为诺贝尔委员会工作时，津贴可达工资的一半。有些人便将此作为收入。

他们还可以享受专属公寓并报销大部分的差旅费。可能还有别的收益。

斯特芬·法兰·李和很多人一样，善意地提出了这个问题。

某些院士在国外肯定有渠道让自己的作品翻译出去，不过不一定会付钱。院士们一直是各种机构或个人豪华旅行的邀请对象，不过从目前来看，还没有任何一届诺贝尔文学奖在这方面遭到过质疑。

但这并不妨碍一些怪事的发生，比如高某某的“让人尴尬”的事，他的版权被汉学家院士马悦然的瑞典出版商买去，恰巧不久之后他就获得了诺贝尔文学奖。

如果讨论与批评诺贝尔文学奖，会看到院士们都很清廉。

不过，文学院对各类作家发放奖金时，私交或许有用。只是这些都无法证明。

文学院每年拨出 250 万欧元的奖金（诺贝尔文学奖由诺贝尔基金会资助）。

这份名单很长，四十来个名字，有的达到 40000 欧元。大部分信封装着 5000、10000 或 15000 欧元。奖金可遇不可求。只能是文学院找你，而不是你找文学院。

金钱和权力。霍勒斯·恩达尔任常务秘书时，他时常反思：“突然间，所有的门都开了。人们接触到了瑞典精英。到了顶点，我们来到一个甚至不知道是否真正了解的高度。”

在一次采访中，还是那个霍勒斯·恩达尔，对文学创作中的某种僵化形式表示遗憾，尤其是在西方：“我们看到，在某些国家，作家职业化产生了不良影响，这与奖金制度和财务支持有关。尽管我明白这种诱惑，但我认为它往往会切断作者与公民社会的联系，与机构建立不健康的关系。”

恩达尔指出，过去，作家时常以出租车司机、职员、秘书或服务员的方式谋生。“虽然艰苦，但也滋养了文学。”对他来说，问题主要在西方，而通过阅读大量亚洲或非洲作家的作品，“我们重拾了一定的自由。”但他担心，随着全球化的发展，一二十年后，或许任何领土都无法幸免于难了。

# 25
# 诺贝尔奖代餐

假如雅各布·冯·于克斯屈尔的时代到来了呢?

于克斯屈尔永远不会得诺贝尔文学奖，至少不能因为在伦敦的撒哈拉出版社出了一本关于沙特阿拉伯邮政史起源的百页手册和评估指南而获得诺贝尔奖。

但于克斯屈尔做得更厉害，他挪用了诺贝尔奖。

这位德裔瑞典欧洲绿党前议员身材高大，留着山羊胡子，总喜欢谈论他在 1980 年创立的正确生活奖（Right Livelihood Award），大家都知道，这是另类的诺贝尔奖，虽然与诺贝尔奖保持距离，但从来没有忘记参考它，因为无论如何，雅各布·冯·于克斯屈尔不得不承认从中获得过不少宣传效益。他这个人就是这样大胆冷静。诺贝尔奖靴子里的小石头。

为纪念与诺贝尔文学奖无缘的奥古斯特·斯特林堡，有人在 1911 年发起募捐，创立了一个反诺贝尔奖。70 年后，雅各布·冯·于克斯屈尔以自己的方式再现了这一创意。

正当瑞典银行自掏腰包准备资助所谓的诺贝尔经济学奖时——这实际上是瑞典银行为纪念阿尔弗雷德·诺贝尔而设立的与原奖无关的一个自创奖项——雅各布·冯·于克斯屈尔也在联络诺贝尔委员会，想资助一个真正的仿诺贝尔生态奖和一个鼓励为穷人作出积极贡献的团结奖。诺贝尔基金会没理会这位留着锅盖头和山羊胡的收藏家。

于克斯屈尔以他一贯的冷静卖掉了他收藏的邮票，筹措了 100 万美元，用于设立诺贝尔奖的替代品——正确生活奖，他也因此曾一度被怀疑是克格勃[①]或中情局的间谍，企图动摇诺贝尔奖。

诺贝尔基金会主席米克尔·索尔曼对这位欧洲绿党前议员想加入诺贝尔家族的尝试作出略显乏味的评论："人分两种——获诺贝尔奖的人和未获诺贝尔奖的人。"

于克斯屈尔未曾放弃。2014 年，它的一位得主是爱德华·斯诺登，此奖极富争议，尤其是因为当时的瑞典外交部部长卡尔·比尔特以亲近美国而著称。不久，正确

---

① 克格勃，前苏联的情报机构，以实力和高明著称于世。

生活奖基金会得知，瑞典议会将不再支持他们颁奖，理由是“缺乏场地”。议长是社会民主党人，但在有些问题上，共识占了上风。自2016年起，该奖开始在瓦萨博物馆内颁发。

于克斯屈尔，怪不怪？

20世纪90年代初，一位美国政客联系诺贝尔基金会，希望设立一个诺贝尔环境奖。基金会拒绝了。最终，这个美国人以自己的方式得到了回报，获得了诺贝尔和平奖。他就是阿尔·戈尔。

于克斯屈尔非常乐于看到他的得主走通诺贝尔奖之路。2018年，刚果妇科医生德尼·穆奎格，“拯救女性的医生”，在获得正确生活奖5年后，收获了属于他的诺贝尔和平奖。

雅各布·冯·于克斯屈尔已经有12年未亲自参与该奖的评奖了，他致力于世界未来理事会，这是一个由学者组成的委员会，为领导人提供可持续发展建议。

但他的奖项声誉日隆，由侄子接手后更是每年颁出价值30万欧元的奖金。他坚持每年在诺贝尔奖的前一天组织自己的颁奖礼。“当然是刻意为之，”他某天告诉我，“这是为了引发关于我们的社会优先权的讨论。”这是对诺贝尔基金会大人物的蔑视，因为他们的奖僵化而保守；他们毫不犹豫地为其他奖项贴上“诺贝尔替代奖”的标签，却总是带着浅笑，尽管官方对此矢口否认。所以，这不是反对，“但或许是一种补充”。

于克斯屈尔认为，20 世纪 80 年代的诺贝尔奖忽略了对我们的世界及其未来真正重要的大量工作和知识，做得很不妥当。他设立的奖类似于诺贝尔奖 2.0，用以表彰那些努力想出具体办法来对抗类似环境污染、侵犯人权、贫困以及“富翁的精神贫乏”的人。对某些人来说，这种方法反映了 21 世纪的焦点问题，正像诺贝尔奖体现了 20 世纪的关键问题那样。

评论家可以取笑雅各布·冯·于克斯屈尔的“新时代诺贝尔奖”。但在他看来，他的得主们才真正贯彻了诺贝尔遗嘱中描述的理想，他们在过去的一年中为人类作出了巨大贡献。

他也认为，自己比瑞典中央银行那些西装革履的人更忠于诺贝尔精神，该行以银行的资金成功设立了诺贝尔经济学奖，以庆祝自己的 300 周年生日。它联络瑞典科学院，问其是否愿意按照物理学奖和化学奖的严格标准来承担评选责任，科学院和诺贝尔基金会都同意了。

这是瑞典的“五月风暴”[1]。诺贝尔基金会强调，这场瑞典革命将是独特的事件，因为批评的声音很多。瑞典议员呼吁废除该奖，宣称“经济学奖会使科学氛围的经济主题过于政治化”。

在关于诺贝尔文学奖的小书中，阿伦和恩斯普马克院士平静而清晰地批评了该奖。他们谈及诺贝尔奖时，只承认五大奖项：物理奖、化学奖、生理学或医学奖、文学奖，最后一个和平奖在奥斯陆颁发。他们指出，前四个在斯德哥尔摩颁的奖，是严格按照诺贝尔遗嘱中所提及的顺序执行的，首先是两个基础科学奖，然后通过生理学和医学来靠近人类本身，最后以文学上升到精神层面。两位作者强调，这种递进是受到公众认可的。然而，他们继续说，自从 1969 年在诺贝尔奖后面又加了一个外部奖后，仪式就变了味道。

所谓的诺贝尔经济学奖……万一真正的丑闻就在那儿呢?

这一批评尤其适用于 2018 年的奖。经济学奖颁给美国耶鲁大学的经济学教授威廉·诺德豪斯，表彰其“找到办法回应我们这个时代最基本、最迫切的挑战：将全球

---

① 五月风暴，1968年在法国爆发的一场学生罢课、工人罢工的群众运动。

经济可持续发展与地球上人类的福祉相结合”，皇家科学院如此说。虚假宣传?

一方面，诺德豪斯从 20 世纪 70 年代起就看到未来气候变化的重要性，并将其作为一个独立的研究领域，他也因此受到推崇；另一方面，他又以幼稚的模型美化成本计算，信誓旦旦地说，“最乐观的”公式是瞄准平均升温 3.5 摄氏度。一个支持增长、生产第一的伪诺贝尔奖，引起了强烈抗议。该奖被称为气候灾难，是耻辱，因为诺德豪斯经常淡化气候威胁，认为采取过多措施应对气候变暖可能会降低经济增长。对确信“现在就得为气候行动起来”的科学家们来说，这个虽真似假的诺贝尔奖在理论和视野上都成了问题。

一位专栏作家重磅出击：“多年来，这个奖默认的目标就是使市场经济的自由主义思想正常化。”

2003 年，获奖者相信自己找到了一种可使经济在无政客情况下运转的模式，并断言“预防萧条的核心问题已经解决”。5 年后，经济危机爆发，残局只能由政客来收拾。

1997 年，两个美国人因其旨在使金融市场合理化的理论而获得诺贝尔经济学奖。不久后，他们自己的对冲基金崩溃，不得不由其他银行来拯救。

弗里德里希·海克和詹姆斯·布坎南同样获得过此奖，尽管他们是新自由主义的鼓吹者，那位专栏作家继续说。如果让阿尔弗雷德·诺贝尔知道，有这么个奖以他命名，并常颁给那些致力于在任何地方都应用市场原则，且认为社会民主主义的社会政策成本过高的人，他估计会勃然大怒。诺贝尔写道，他讨厌商业生活，并自认是个社会民主党人，尽管有必要指出，19 世纪末的社会民主党人肯定是很难认同今天的社会民主主义的。

对取消文学奖他会怎么想呢？

2018 年 5 月，当瑞典文学院宣布当年秋季不再颁发诺贝尔文学奖时，希腊籍瑞典女记者亚历山德拉·帕斯卡利杜情绪非常激动。她只有一个念头：必须有一个新奖。她不知道该怎么做，但还是行动了起来。她调用人脉，激起了人们的热情，也招致了批评，尤其是多数瑞典媒体都希望她尽快放弃，甚至担心此举会被国外媒体议论。

一份日报指出这个新的诺贝尔奖名单是可悲的，认为必须阻止这个新冒出来的“学院”。

一位女组织者认为某些双重标准很好笑，尤其是《每日新闻报》，该报指责新学院利用瑞典文学院丑闻获益。她很乐意让这份日报回归初心，他们不断地发表文章，利用丑闻获得了大量利益，而新学院却在另一边做着建设性的尝试。

外国媒体则普遍对这一举措持积极态度。

这个替代奖学院的网站上发布的宣言既诱人又气人："文学应该与民主、开放、同理心和尊重相连。"然后更进一步指出："在人文主义的价值越来越常受到质疑的时代，文学应该成为对抗压迫和沉默守则的力量。"

瑞典图书馆被委托提供一份潜在候选人的名单。47位作家被选中。通过在线投票，得票33000张，选出4名决赛入围者。4位女评委——编辑、文学教授、文学评论家、图书馆馆长——负责评出最终得主。玛丽斯·孔戴获胜。

通过在线筹款，新学院可以给获奖者提供约3.5万欧元的奖金。奖评出后，外国出版商开始感兴趣。目的达到了，在诺贝尔奖缺席的情况下推广了世界文学。对于批评声，这位女组织者直白地说："瑞典是个小国家，一些记者或许会依赖文学院获得奖金。记者和作家也会参加同一场的庆典，这是不可避免的。"

12月9日，诺贝尔奖正式颁奖的前一天，斯德哥尔摩市中心伯恩斯俱乐部大厅。奥古斯特·斯特林堡很熟悉这个漂亮的剧场。新学院特地选择此地并在诺贝尔周把自己的文学奖授予玛丽斯·孔戴。看不到院士，也没有长裙，但现场有数百名客人，还有点心、装饰一新的墙壁和3盏巨大的枝形吊灯。

当玛丽斯·孔戴坐着轮椅入场时，全体起立，鼓掌欢迎。女作家很感动，她在感言中提到《呼啸山庄》。“当我读到它时，我对自己说，这本书正是为我写的！”稍后，在被问及对这件事的看法时，她表示诺贝尔委员会和新学院之间的冲突根本不重要。

新学院的组织者们或许饱受某些文学评论家的嘲笑，但他们为诺贝尔周带来了新面貌。兜里没有钱，背后没有国王。“我们不需要保护者，我们就是保护者！”女创始人亚历山德拉·帕斯卡利杜强硬地说。

帕斯卡利杜的挑衅不止如此，她甚至侵占了自1988年以来诺贝尔文学奖每年都会去参观的以移民为主的林克比街区。

帕斯卡利杜的部分童年是在那里度过的。

对大部分瑞典人和想传播瑞典社会民主主义和移民主义灾难形象的外国人来说，林克比与累赘十分相配。臃肿、失败、移民、暴力、隔离、帮派，但也有其光鲜的一面，因为生活永远更加复杂：团结、希望、奉献的灵魂，内心的激情和温暖。

对这些不被喜爱、穿着并不光鲜的人有很多描述。

瑞典女作家古妮拉·隆格伦就有这样一个温暖的灵魂，从林克比开始建设以来，她就住在这个市郊社区了，这里是“百万计划”的典型，该项来自1965年至1974年执政的社会民主党发起的建造100万套住房的大工程，旨在让所有居民都能以合理的价格获得满意的居住条件。尽管这个社区原来的人口——芬兰移民和来自瑞典远北的工人——已经迁走了，隆格伦还是选择继续留在这里生活。如今，林克比已经成了地球上不幸的收容所。了解来到这个社区的难民，就能了解世界上战争的现状。林克比，这个患病的世界跳动的心脏。“我住在林克比，我喜欢这里，因为我认可在这种环境中成长的作家。”与世界同步。把诺贝尔文学奖带到此地的想法始于纳吉布·马赫福兹。“我们想表明这是一个可以说多种语言的机会。”30年来，每年12月，诺贝尔文学奖都会因诺贝尔周来到林克比图书馆。

下一次会怎么样?

2019年1月底，诺贝尔基金会必须宣布2019年是否还会颁发诺贝尔文学奖。

卡塔琳娜·弗罗斯滕松的事还未被解决。此后，一切要靠律师推动。

颁奖给玛丽斯·孔戴的第二天，新学院便就地解散了。它需要被重新激活吗?

与此同时，还有一个惊喜在等着我。尽管我不能出席基金会举办的诺贝尔奖庆典，我却得到了些许补偿：我刚收到了出席瑞典文学院 12 月 20 日年度典礼的邀请函。

# 26
# 13 盏吊灯和 7 件燕尾服

您能相信，这完全是巧合吗？

我在第一本书《冒名顶替者》中刻画了古拉格[①]的一个幸存者，他改写生命以脱胎换骨，为此我在爱沙尼亚、立陶宛、波兰和法国调查了三年。那是 20 世纪 90 年代中期，互联网还处于起步阶段。我写了很多信，几十封几十封地写，试图深入这个领域。20 世纪 30 年代的一位伟人亨利·贝罗把记者定义为：带薪闲逛者。没人付我薪水，但我的确爱逛。我对报社说要走访波罗的海国家，因此可以多待一两天，并进行相应的调查，花时间与幸存者理查德一起，四处闲逛，发掘历史。我找到两次世界大战期间古拉格的目击者，翻阅外交部的档案，拿到理查德在维尔纽斯的克格勃卷宗。理查德在此过程中对

① 古拉格，前苏联政府的一个机构，负责管理全国的劳改营。

我放的烟幕弹，无论是字面上的还是象征意义上的，都让我越来越不安。我要求自己，无论发现任何与理查德所讲述的相悖的证据，我都不与之争辩。我觉得不该由我，一名在和平的欧洲长大的年轻记者去戳破他的谎言。如果故事要讲出去，必须由他自己来讲。三次会面，三次长长的会面，我始终在等待，想知道这场调查何时会有所突破。我带着深深的怀疑前进，看到新线索，又再次被挫败，因为我严守原则，没有反驳他。他说自己在法国军队里度过了第二次世界大战，受伤、被俘、逃跑。想知道那些年的另一种真相，他是合适的人选吗?

有一天，因为再次在外交部的外交档案中搜寻无果，我便在巴黎街头溜达，走到圣米歇尔大道附近时，像往常一样，我看到一家书店就走了进去，不想竟有所收获。我在吉贝尔二手书店漫不经心地翻着，一本灰色封面、书名为《我在立陶宛监狱》的书映入眼帘。立陶宛是我当时走访的国家之一，因此我便多看了一眼。我此前并不知道这本书的作者马托雷，作品讲述了战争期间他在立陶宛监狱里度过的岁月。马托雷是法国人，领教过内务人民委员部监狱和维尔纽斯盖世太保的地牢。或许这本书能带我一窥那个时代的面貌。几天前我碰巧在维尔纽斯，这座城市因在纳粹到来前拥有丰富的犹太文化而被称为北方的耶路撒冷。我刚刚发现克格勃对理查德长达

30 年的审讯记录，正等着他们给我寄影印件。我快速浏览，像那种页角画着小人的书那样，如果翻得快，图案就会活动。我就这样让书动了起来，没有刻意寻找，这时蹦出了一个词：理查德。我又胡乱翻了好几次。还是理查德。于是我把这词出现的地方通通细读了。“命令，盖世太保，枪杀，定罪，格鲁蒂斯，小犹太人”……又是理查德。马托雷讲了他与另一个犯人之间的对话。一位在法国长大的波兰以色列人。理查德的人生在书中鲜活起来。直到马托雷这么叙述理查德时，我终于被说服了：“惊人的故事，他好像从未像他妻子相信的那样，过着圣人的生活。当我和他单独相处时，我会得到更多的秘密。”最重要的，正是这个细节。我的理查德，他本该被一颗子弹击中后颈。他被认为是掌握幸存艺术的大师。

我现在有点相信巧合了。

2018 年 12 月 20 日这天，诺贝尔周刚过，我又再次相信了。

珍贵的黄色请柬拿在手里。诺贝尔奖拒绝我，但瑞典文学院年度典礼的大门对我敞开了。必须穿燕尾服。皮鞋光亮，鞋底光滑。在天寒地冻的 12 月。坐地铁？恐怕到不了吧？只能乘出租车了。几分钟后，一辆沃尔沃停在我家门口。司机萨姆是瑞典人。我对他说我要去老城，他估计看到了我大衣里面的领结，立刻就问：“您要去文学院吗？”

路面结冰，车慢慢滑行，从我家到文学院只需15分钟。巧合又来了。萨姆是戏剧导演，开出租车只是为了贴补家用。他在法国工作过，会说法语。工资不够，于是开车来凑。都不需要开口提问，他自己就讲起来了。他提到安托南·阿尔托；他与拉斯·诺伦合作，导演了数十场戏，尤其是在20世纪80年代。卡塔琳娜·弗罗斯滕松来了。“真不错。”他直视前方，小心翼翼，路面闪着光。“让–克洛德·阿尔诺也来了，他请我到他的‘论坛’俱乐部去演阿尔托的剧。我没去。我不是很喜欢让–克洛德。他和我不是一类人……”但他肯定了一点：瑞典最棒的艺术家的确都去了“论坛”。“瑞典很小，”他补充道，“法国比较多样。瑞典的空间一次只能容纳一种想法，所有人都要朝着那个方向去。这在文化领域也太极权了，不，不是极权，但过于严酷了，所有人都唱同一首歌。想象一下，瑞典电视台上有个辩论节目，一边是白人，一边是黑人，双方都在说话，但什么都不会发生，没有任何意义。这里一切都是规规矩矩方方正正的。”

1999年，他与拉斯·诺伦闹翻，当时马勒克桑德发生了两起谋杀案，被判入狱的新纳粹分子获准在狱外排演戏剧《7∶3》，并扮演与自己立场相同的角色，在舞台上表达他们的反犹主义观点，在场无人质疑、反对或阻止。最后一场演出结束后，犯人逃跑，并在逃亡过程中枪杀了两名警察。那是我在瑞典25年来印象最深刻的事之一，当时我们正与埃马纽埃尔·弗朗索瓦导演一起为德法公共电视台拍摄一部关于瑞典新纳粹暴力的纪录片，尤其得到了斯蒂尔格·拉松的帮助，名字里有“尔”的那位。

拉斯·诺伦辩称，艺术家从来不为他人演出自己的剧本负责。我的司机模仿戏剧导演沙哑的声音。但诺伦已经逃离瑞典数年，更愿意在国外上演新剧。致敬斯特林堡。

随后，司机萨姆恢复了自己的声调，说他持相反意见，艺术家总是有责任的。

我们继续谈论诺伦的角色和他们之间的争论。他在思考瑞典文化又小又封闭的世界，这时，黑手党这个词出现了。他突然提到霍勒斯·恩达尔。看得出来他情绪非常激动。他不明白。在他看来，那是一位英雄、自由者，不受任何意识形态束缚，他显然十分钦佩后者。“可现在，他说了一些可怕的话。”

当车停到文学院门前时，我问他来此有何感受。

“令人痛心。”

门口有警察和一排豪华轿车。那是院士们的车。

走上楼梯，进入衣帽间，经过戴绒帽的警卫、穿着燕尾服或晚礼服长裙的人群，最后抵达目的地。大厅里到处都是人，已经经过专门的布置，搭起了一个平台，上面摆放着一张长桌和18把扶手椅。到处都熠熠生辉。电视台的5台摄像机已架好位置。燕尾服们和长裙们相互问好。燕尾服方面，靠奖章区分他们的不同。长桌和扶手椅周围的院士蜡烛被点了起来。人们在大厅里互相询问：会有多少院士到场？谁会不关心此事呢？

我左手边两位穿长裙的女士是多年来一直参加典礼的好姐妹。听说萨拉·达尼乌斯不会来，女邻座悄悄地告诉我，这是文学院唯一向公众开放的仪式，也是国王王后站着等候嘉宾的唯一场合。院士的特权啊，哪怕最近他们的身价在瑞典掉了不少。18个席位。点蜡烛的侍者继续绕着长桌转。所有人都落座了。拍照片的最后机会。大厅里响起了窃窃私语的讨论声。安特耶·亚克伦大主教因缺席而引人注意。她明确表示不会与霍勒斯·恩达尔出现在同一场合。“耶稣会与霍勒斯·恩达尔同饮的。”一位专栏编辑感叹道，“教会的使命并非谴责有罪之人，而是宽恕。”基调已定，我们要么被困在一头，要么被困在另一头。

诺贝尔基金会的负责人也没来。两个机构之间的关系仍旧紧张，现在还不清楚基金会是否会让文学院颁发明年的诺贝尔文学奖。基金会负责人的缺席就是一个信号，所有问题都还没有被解决。

人们议论纷纷。就在前一天，卡塔琳娜·弗罗斯滕松的律师表示，女委托人——假如她到场的话，那将是一件大事——认为文学院所进行的调查毫无价值，匿名证词一文不值。不过她已打算与文学院协商离开。几分钟后我们将目睹一场巨变吗？大门始终紧闭，烛火摇曳。

大厅里座无虚席。只剩王室代表了。谁会来呢？王室也要表达愤怒。墙壁半明半暗，座椅灰中透蓝。我数了数枝形吊灯，一共13盏，很气派。极尽华美，金光灿灿。在我右边的一排栏杆后，有几把椅子背靠着墙。那是王室专席。还有几分钟，几秒钟，一片安静，但什么也没发生。喧闹声再次响起。17点快到了。我问邻座，她知不知道有谁会来。恩达尔派还是达尼乌斯派占上风？白球还是黑球？她饶有趣味地打量我："这要复杂多了，他们都是些个人主义者。"

17点02分。国王、王后、女王储和丈夫入场，全员迟到。另外两个孩子，玛德琳和查尔斯·菲利普没有出现。现场解读：这是王室在表达对文学院的不满。

一位王权专家稍后感慨："我国没有内阁，文学院发生的事情充其量只是沙盘游戏，但这事也反映了王室代表着不变的瑞典。"

尽管头戴王冠、盛装打扮，王室成员却没有坐下。

我面前的门开了，连烛火都不摇了。7人，只有7人入场。没有卡塔琳娜·弗罗斯滕松。

霍勒斯·恩达尔勉强地笑着向国王和王后鞠躬，表情拘谨，或许只是因为燕尾服太紧了。

我们目睹了霍勒斯·恩达尔从放声大笑到这惨淡局面的过程，7个人，只有男人，强撑着在长桌前就位，他们之间留出巨大的空隙。还有什么画面能把文学院这一年来的多灾多难体现得更明显呢？

黑球，白球？今晚只有失败者。

我的司机萨姆说得对，这真令人痛心。

三位新院士在典礼上被介绍给大家。

法学家埃里克·M.鲁内松因在危机中扮演调解人，现在占据第1席位。发表演说时，他巧妙地提示同事们如何在组织中相互协作。恩达尔的脸上……笑容僵硬。我们稍后才知道没有给他安排讲话的机会。这似乎是与宫廷妥协的结果。

主持人安德斯·奥尔松同时也担任文学院的常务秘书。总体来说，人员渐渐回归，文学院有所好转。

马茨·马尔姆，新的第11席院士，给我们讲了尤妮亚的故事，她的女使徒身份被男性窃取。

伊朗裔瑞典人吉拉·莫桑向被她替代的原第15席女院士谢丝汀·埃克曼致意。埃克曼因文学院没有对拉什迪事件发声而辞任，引发近20年来文学院的第一次重大危机。“我记得我们这些诗人和作家，生活在威胁、压迫与持续的恐惧下，我们为拉什迪的行为感到自豪。至少在那一刻，我们感到更强大、更勇敢了。”

沉闷气氛中的短暂优雅。

文学院的活动19点开始，22点结束，但到20点就已然落败。圣诞节来临，糖果商休战。去年是一切都奔向最糟的一年。当时霍勒斯·恩达尔在圣诞假期结束后，带领文学院来了一场疯狂的冒险，最终导致诺贝尔文学奖被延迟颁发。今年圣诞节又会发生什么呢?

答案不远了。

1月18日，上午9点56分，议会进行了投票表决：115票赞成，77票弃权，153票反对。任期届满的社会民主党首相斯特凡·勒文，在经过4个月的混乱期后再次当选。反对阵营必须在瑞典议会获得175票才能否决他。

与此同时，瑞典文学院发布新闻：卡塔琳娜·弗罗斯滕松将永久离开瑞典文学院。最后一个包袱。协议已达成，她每个月将领取到12875瑞典克朗（1300欧元），并可继续享用津贴来租住文学院的公寓。

2019年2月12日，瑞典媒体宣布，居住在赫尔辛基的芬兰女诗人图阿·福斯特伦，作为芬兰的少数瑞典母语者，将继任卡塔琳娜·弗罗斯滕松的第 18 席位。细心人会发现这个消息是在周二发布的，而不是根据文学院惯例在周五公布。需要时间同时知会瑞典国王和芬兰共和国总统。但这个决定是在前一周的 2 月 7 日周四便定下了。第 63 幕。阿尔诺和弗罗斯滕松造成的创口需要 63 周才终于愈合。那么伤口结痂需要多久？瘢痕消失呢？

常务秘书认为文学院已走上正确的道路，不愿再谈论危机。他相信目前已经解决了最糟糕的问题。

2019 年 2 月 26 日，萨拉·达尼乌斯宣布离开文学院，道路更美了。

一个月后，又选了两位新的女院士。

这三位未来的女院士将于 2019 年 12 月 20 日正式加入文学院。

又过了一个月，文学院公布了新的常务秘书人选：已于 6 个月前加入文学院的马茨·马尔姆。事情一件件地得到解决。

最大的疑问亟待解答。诺贝尔文学奖……如果基金会不颁发 2018 年的奖项，受罚的是世界文坛，佩尔·韦斯特伯格坚决地说。

5 月 5 日，悬念落下帷幕。瑞典文学院会颁发 2019 年诺贝尔文学奖，也会补发 2018 年的诺贝尔文学奖。如释重负。付出的代价：霍勒斯·恩达尔必须放弃他在诺贝尔委员会的席位。没人相信他会自愿离开。

我们还获悉，2019 年 5 月 7 日，最高法院驳回了让－克洛德·阿尔诺的复审请求。他仍在监狱。

现在空缺的只有萨拉·达尼乌斯留下的第 7 席位了。没过太久。2019 年 5 月 10 日，第 76 幕的次日，女哲学家奥萨·维克福斯被任命接替萨拉·达尼乌斯。她的最新著作《另类事实——关于知识及其敌人》发表于 2017 年。

自 1989 年拉什迪事件的冲突以来，瑞典文学院首次满员。再次由一位法学家担任其中 1 席。目前拥有 6 位女院士，比危机前少 1 位。但文学院在透明度方面的努力可喜可贺，首次公布了活动报告。

文学院网站上当日出现的名字：埃斯比约恩，然后是斯蒂尔比约恩和阿斯比约恩。当日的词汇非常有春天气息：鸟鸣。

5 月 10 日这一天，想必文学院内部是欢欣雀跃的，总算摆脱了困境。

诗人、记者约兰·格赖德则完全不相信，他是个典型的悲观主义者。

他指出，报纸的文化版面正在迅速消失，图书馆和成人培训机构得到的钱越来越少。作家分为畅销书作家和无产阶级作家这两种，后者行走的文学道路更窄，尤其要靠文学院津贴和奖金来支持。销量还不错的创新作家这一中间层消失了。

顺从和忠诚在文化界竟如此普遍，格赖德为此感到担忧。“文化——就是说文学、艺术和戏剧——不是应该不惜一切代价地大声批评既定的秩序吗？”

他说，痛苦的事实很可能是，我们所说的文化，同样可以使一个不公正的社会合理化，是一种十分微妙的劝人相信资产阶级霸权的艺术。文学院能否在近几个月的连续丑闻中幸存下来？当然了，格赖德写道：“但在社会没有发生根本改变之前，它也不会发生根本改变。”

瑞典文学院再次欢唱，但它会为我们唱出什么歌来呢？

# 27
# 从高处看下来

我坐火车离开斯德哥尔摩，去往瑞典远北。

出发前，我抽空去看了萨米[①]作家兼演员玛丽亚·莉萨·托马松的戏剧《我们所继承的》。这是关于萨米人的黑暗故事，讲述这个民族为了在一个殖民了他们却假装不知的国家里获得尊重而进行的不平等斗争。这部戏剧并没有引起什么反响，因为斯德哥尔摩不关心萨米人的这类故事。瑞典从未改变。

我在穆尔耶克中转，这是北部一个破败的大村子。几年前我来这里调查过中国和泰国的浆果采集者，他们跨越了大半个地球，采摘瑞典人已不再自己采摘的极地蔓越莓、蓝莓和黑莓。他们经常被瑞典中介欺骗。瑞典在改变。

---

① 萨米，北欧民族，斯堪的纳维亚原住民。

我在等开往约克莫克的巴士，为了去参加萨米文学节。放眼望去，能看到成排的瘦小桦树和冷杉。大片的碎雪，成片的薄冰。有时，只能看见一条潮湿的路。漫长，笔直，景色单调。路边有沟渠，干干净净的。不要对蹦跳的驼鹿和上来讨食的驯鹿大惊小怪。低处是一片雾气笼罩的湖，广袤无垠。坐了整夜的火车，然后又是好几个小时的汽车。必须极具耐心，才能到达远北。这是一个完全不同的空间，远离斯德哥尔摩的混乱。

自从我第一次踏入北欧这片土地算起，拉普兰的这些公路，我已经走过几十遍，既是为了工作，也是出于乐趣。这回是我第一次受邀参加约克莫克的萨米文学节。

我在《红山》中写过一个人物，考古学家与人类学家菲柳斯教授。他对最高法院院长说：

“院长先生，您知道萨米人在我国被视为外国人吗？正因如此，有关他们的一切应该进入民族学博物馆，和美洲印第安人或撒哈拉沙漠以南非洲的展品摆在一起，而非进入历史博物馆。”

厅中响起窃窃私语声。

经常有人问我，萨米人对我这些讲述北方的侦探小说怎么看。

安妮·沃拉布邀请我担任巴格图书协会的主席，她认为我的书揭露了这个地区及其人民所遭受的不公正，而非意在描绘一个理想化的拉普兰，那里的萨米人原则上是好人。

奇怪的是，早在开始写书时，我就有种直觉，要以这种错位的视角来收尾。

人们偶尔会说，要以对待少数群体的方式衡量民主品质。如果是这样，瑞典的民主存在问题，它非常善于隐藏在美好的表象下。

于 2011 年生效的瑞典新宪法首次将萨米人作为一个独立的民族提及。瑞典议员或许没有真正注意到这个术语的使用，但结果是瑞典从此正式成为双民族国家，其中一个民族有 1000 万人，另一个则只有 2000 人。

两个民族，其中一个不被看见，但它的祖先万年前就生活在该地区的北方，直到 17 世纪被北欧诸王国殖民，他们的资源也因此被开采。

尽管如此，《圣经》的萨米语译者，同时也是 1786 年瑞典文学院首批成员的卡尔·古斯塔夫·努丁，在入院感言中提到，萨米人不仅是全欧洲最古老的民族，萨米语也是欧洲大陆语言的起源。

此后的历史被某种程度改写。文学院的诺贝尔委员会主席告诉我，据他所知，还没有任何萨米作家获得过诺贝尔文学奖的提名。

在瑞典研究所的小册子《瑞典印象》中，介绍萨米人的篇幅与小龙虾节一般长。充满刻板印象的照片上展示的是身穿传统服饰的萨米人，但其实他们只在重大场合才会作此打扮。瑞典人就是会不由自主地这样想，他们故意忽视这样一个事实：90% 的萨米人过着与其他瑞典人别无二致的生活，连穿着也一样，斯德哥尔摩不过是瑞典最大的萨米村。

2007 年，驯鹿牧民、萨米政治家拉尔斯·安德斯·贝尔在斯德哥尔摩北欧博物馆拉普兰常展开幕式上，向女王储维多利亚公主致辞时这样说道：

“在北欧博物馆的大门，我们能看到奥古斯特·斯特林堡的话：‘愿年轻人能从我创作的故事中记住自己的起源，它铭刻在卡尔·埃尔德的雕塑中。’北欧博物馆的发起人之一奥古斯特·斯特林堡是萨米人。由于某种原因，他未能对瑞典文学史产生重大影响。”

瑞典人代代学习自己的历史，这个单一的国家说瑞典语，拥护瑞典国王，只有瑞典文化和瑞典价值观，有两个民族，其中一个不被看见。

诺贝尔事件的所有瑞典批评者完全漏掉了这个“细

节”。他们猛烈谴责院士躲在象牙塔中，对周遭世界和社会乱象不闻不问，而自己却以瑞典主流文化自居，忽视其他弱势民族越来越需要被倾听和尊重差异的需求。

我想起诗人和记者约兰·格赖德说过的话。在社会没有发生根本改变之前，瑞典文学院也不会发生根本改变。这是一项艰巨的任务。这也同样要求瑞典人改变他们对萨米人的看法。

我们距离瑞典文学院很远吗？这是一个视角问题、焦距问题。

萨米文学节的组织者安妮·沃拉布在远北文学杂志《外省》中指出：萨米文字已存在了400多年，但萨米语的书籍在瑞典公共图书馆的书架上所占位置还不到1米。

如果从北欧的各个首都看去，萨米人是北欧边缘的遥远臣民。但萨米人认为自己位于中心，巨大的利益中心，因为拉普兰布满了神奇的自然资源。

早在1557年，一位名叫斯蒂芬·伯勒的英国水手就编过一本萨米语会话词典，这部词典被认为是最古老的萨米文本。但我们要感谢一个斯特拉斯堡人，他在17世纪中叶到达乌普萨拉，这才让欧洲人接触到萨米文学。1673年，约翰内斯·谢费勒斯用拉丁语出版了他的《拉普兰》，这本书很快被翻译成法语、德语、英语，但瑞典语版本直到……1956 年才出现。《拉普兰》是第一本关于萨米人风俗习惯的重要著作，原是瑞典统治者的一项命令，目的首先是消灭在欧洲流传的险恶谣言，说什么瑞典军队在战场取胜是得益于萨米人向敌军施展的法术。这让人无法忍受的污蔑意味着瑞典士兵没有萨米法师就不堪一击。

但最先创建萨米字母表的是牧师，他们要向萨米人传授路德教的格言，因为据说萨米人信仰魔鬼的宗教，使用一些邪恶的乐器和撒旦的歌曲——“乔伊克斯”，这种在喉咙里吟唱的歌讲述的是自然与生灵的故事。

直到 20 世纪初，被牧师禁止的“乔伊克斯”仍旧是萨米文学的载体，那是一种拥有史诗音调、口语化、音律悠扬、词汇丰富的文学。

20 世纪的文学题材多种多样，通常与反抗殖民化和同化有关。人们谈论反文化压迫、语言的消亡和教育的缺乏。

瑞典文学院事件？当我在文学节上和哈拉尔德·加斯基谈到这事时，他犹豫了一下。2018 年，他被任命为挪威特罗姆瑟大学的萨米文学教授。他说，瑞典文学院在文化与人之间拉开了一段距离，自诩为高高在上的精英文化，萨米人的思维方式则非常平等，因为他们已经习惯被视为二等公民。加斯基对此深信不疑，因此拒绝了在挪威学院任职。他还认为，萨米作家没有卷入文学院危机，文学院里有一位萨米成员是很自然的事，但恐怕从来没人这样想过。他说，长期以来，萨米文学都没有被视为瑞典文学或挪威文学的一部分。他大胆地梦想：或许文学院至少可以为土著作家或少数民族语言作家额外增设一个奖项？

同样被邀请来约克莫克参加萨米文学节的林内娅·阿凯塞尔松，凭借一部萨米家族的诗歌传奇获得了 2018 年的奥古斯特奖，相当于法国的龚古尔奖。十几年前，她得到瑞典文学院的奖金时，向文学院表达了感激之情："那里有不随波逐流的可能。"

这是在说瑞典文学院是受害者吗？不随波逐流？想摆脱时间？加斯基的想法与此相差不大。在他看来，文学院的历史表明，瑞典社会如何被萨米的平等精神影响。瑞典文学院是这个国家彻底沦陷之前的最后一座堡垒。